हिन्द पॉकेट बुक्स

सच और झूठ

मन्मथनाथ गुप्त भारतीय स्वतन्त्रता संग्राम के एक प्रमुख क्रान्तिकारी तथा सिद्धहस्त लेखक थे। उन्होंने हिन्दी, अंग्रेजी तथा बांग्ला में आत्मकथात्मक, ऐतिहासिक एवं गल्प साहित्य की रचना की है। वे मात्र 13 वर्ष की आयु में ही स्वतन्त्रता संग्राम में कूद गये और जेल गये। बाद में वे हिन्दुस्तान रिपब्लिकन एसोसिएशन के सक्रिय सदस्य भी बने और 17 वर्ष की आयु में उन्होंने सन् 1925 में हुए काकोरी काण्ड में सक्रिय रूप से भाग लिया। उनकी असावधानी से ही इस काण्ड में अहमद अली नाम का एक रेल-यात्री मारा गया जिसके कारण 4 लोगों को फाँसी की सजा मिली जबकि मन्मथ की आयु कम होने के कारण उन्हें मात्र 14 वर्ष की सख्त सजा दी गयी। 1937 में जेल से छूटकर आये तो फिर क्रान्तिकारी लेख लिखने लगे जिसके कारण उन्हें 1939 में फिर सजा हुई और वे भारत के स्वतन्त्र होने से एक वर्ष पूर्व 1946 तक जेल में रहे। स्वतन्त्र भारत में वे *योजना*, *बाल भारती* और *आजकल* नामक हिन्दी पत्रिकाओं के सम्पादक भी रहे।

सच और झूठ

मन्मथनाथ गुप्त

हिन्द पॉकेट बुक्स
पेंगुइन रैंडम हाउस इम्प्रिंट

हिन्द पॉकेट बुक्स

यूएसए। कनाडा। यूके। आयरलैंड। ऑस्ट्रेलिया। सिंगापुर
न्यू ज़ीलैंड। भारत। दक्षिण अफ्रीका। चीन

हिन्द पॉकेट बुक्स, पेंगुइन रैंडम हाउस ग्रुप ऑफ़ कम्पनीज़ का हिस्सा है,
जिसका पता global.penguinrandomhouse.com पर मिलेगा

पेंगुइन रैंडम हाउस इंडिया प्रा. लि.,
चौथी मंजिल, कैपिटल टावर -1, एम जी रोड,
गुड़गांव 122 002, हरियाणा, भारत

पेंगुइन
रैंडम हाउस
इंडिया

प्रथम हिन्दी संस्करण हिन्द पॉकेट बुक्स द्वारा 1968 में प्रकाशित
यह हिन्दी संस्करण हिन्द पॉकेट बुक्स में पेंगुइन रैंडम हाउस द्वारा 2022 में प्रकाशित

10 9 8 7 6 5 4 3 2

ISBN 9789353496623

मुद्रकः रेप्रो इंडिया लिमिटेड

www.penguin.co.in

सच और झूठ

बाबू श्रीप्रकाश का परिवार मुख्तसर-सा था। पत्नी मृदुला के अधिक चाहने पर भी केवल एक ही लड़का था—प्रेम, जो सेंट स्टीफेन कालेज में पढ़ता था। आय भी अच्छी-खासी थी, इस कारण रोटी-दाल की चिन्ता नहीं थी। और रोटी-दाल की चिन्ता नहीं तो कोई चिन्ता ही नहीं थी।

पर जैसा कि कहने का तरीका है देव को शायद यह बात पसन्द नहीं थी। कई दिनों से बाबू श्रीप्रकाश बहुत गुमसुम थे, वे एक ही स्वप्न बार-बार देख रहे थे। स्वप्न भी कैसा अद्भुत था कि नौकरानी सरला गर्भवती हो गई है। यों इसमें कोई खास बात नहीं थी, स्त्रियां गर्भवती होती ही रहती हैं और जहां गर्भ रोकने के सफल उपाय हो सकते हैं, वहा मांगकर और लड़कर गर्भवती होती हैं, पर बात ऐसी पड़ती थी कि सरला विधवा थी, बालविधवा। मृदुला कुछ तो दया के कारण और कुछ अच्छी नौकरानी पाने के लोभ के कारण उसे मायके से ले आई थी। वह पांच साल से यहीं थी। अब उसकी उम्र बाईस साल की थी। इतनी सुन्दरी थी कि मृदुला की फेंकी हुई साड़ियों की राख में भी वह चिनगियां देकर दमकती रहती थी।

जब वह इस घर में पहले-पहल आई थी, तो बाबू श्रीप्रकाश ने यही समझा था कि मृदुला की कोई बहन है, पर जब असलियत खुली (मृदुला ने पत्र में कुछ नहीं लिखा था कि मैं साथ में किसी को ला रही हूं) तो बाबू श्रीप्रकाश ने माथे पर बल लाते हुए मृदुला से कहा था—इसको क्यों ले आईं? जवान लड़की है, कहीं कुछ हो-हवा जाए तो अपने को खामखा परेशानी होगी।

श्रीप्रकाश ने जो कहा था, उसे नहीं, बल्कि जो नहीं कहा था, उसे समझकर मृदुला ने कहा था—मुझे आपपर पूरा भरोसा है।...

बात यहीं तक रही थी, न बाबू श्रीप्रकाश ने इसका स्पष्टीकरण किया था कि वे क्या कहना चाहते हैं और न मृदुला ने यह साफ किया था कि भरोसा किस बात का है। बाबू श्रीप्रकाश जान-बूझकर सरला से कुछ दूरी रखकर चलते थे, बहुत-से काम स्वयं करने लगे थे, ऐसे कई काम जिन्हें शायद वे उस हालत में न करते यदि सरला ज़्यादा उम्र की बदसूरत नौकरानी होती। यों श्रीप्रकाश को अपने काम से ही फुरसत नहीं मिलती थी, अब वे अधिक से अधिक लगभग पुश्तैनी बूढ़े नौकर रामदयाल से अपना काम ज़्यादा कराने लगे। श्रीप्रकाश को मालूम था कि जिन घरों में नौकरानियां होती भी हैं, उनमें मालकिनें नौकरानी के अन्य गुणों में बदसूरत होना भी एक गुण बल्कि प्रधान गुण मानती हैं, इस कारण श्रीप्रकाश कृतज्ञ थे और वह उस कृतज्ञता को पूरी तरह निभाना चाहते थे। उन्हें कभी प्रलोभन के झोंके नहीं लगे, न पैर डगमगाए, न सिर चकराया। काम का बोझ कन्धे पर इस बुरी तरह लदा रहता था कि इधर-उफर ताक-झांक करने का न तो मौका मिलता था और न उसमें कोई रस ही लगता था।

पर स्वप्न की बात सोच-सोचकर श्रीप्रकाश चिन्तित हो रहे थे। दफ्तरी हिसाब-किताब की रेल-पेल और सरगर्मी में बाहरी सारी पढ़ाई दिल फेंकों की भीड़ में युवती की तरह खो गई थी, पर पुरानी बातें कुछ-

कुछ याद थीं। फ्रायड याद आया, जिसकी स्वप्नों की व्याख्या-सम्बन्धी किसी पुस्तक से वे अपने नवयौवन के दिनों में टकरा गए थे। फ्रायड के बचे-खुचे धुंधले खंडहर पर पैर जमाकर उन्होंने अपने स्वप्न की यह व्याख्या की कि मेरा मन चलायमान हो रहा है। पर मन के इस प्रकार दबककर दबे पांव चलने के सम्बन्ध में उन्हें कुछ पता नहीं था। इसी कारण और भी धक्का लगा।

इधर तो उन्होंने बहुत दिनों से सरला को अच्छी तरह देखा भी नहीं था। बस जब-तब वह सामने से गुज़र जाती थी, तो इतना ज़रूर कौंध जाता था कभी-कभी कि इसी घर में एक तरफ एक औरत सोने के पिंजड़ेनुमा गमले में रहकर भी ढल रही है और दूसरी तरफ एक औरत खरपतवार के अन्दर ठेली जाकर भी अनायास खिल रही है। एक का सौरभ पार्श्व संगीत के रूप में मद्धिम पड़कर डूबता जा रहा है और दूसरे की लहर से मन रह-रहकर सिहर-सिहर चकाचौंध हो रहा है। यह क्या? इन्हीं विचारों में तो स्वप्न की व्याख्या का और शायद उसकी उत्पत्ति का सुराग मिलता है।

दो-तीन दिनों तक यह सपना उन्हें पीछा करता रहा कि सरला का पेट बड़ा और कड़ा हो गया है, तो उन्होंने रात को कम खाना शुरू कर दिया। पत्नी से लगाव बढ़ा दिया।

प्रेम अपने कमरे में पढ़ते-पढ़ते सो जाता था। पर अब श्रीप्रकाश ने देर तक जगना शुरू किया, फिर भी उस स्वप्न ने उनका पिंड नहीं छोड़ा।

यों श्रीप्रकाश अपनी छोटी-बड़ी सारी बातें यहां तक कि स्वप्न की बातें भी मृदुला से बता देते थे और उसपर बाकायदा चर्चा होती थी, कहकहे लगते थे, पर यह स्वप्न ऐसा बेतुका लगा कि श्रीप्रकाश मृदुला के मंदाक्रान्ता में उसे फिट नहीं कर पाए और उसे बताना उचित नहीं समझा। कहीं इसमें कोई ऐसी सांस थी, जिससे होकर ऐसी अजगर की सांसों से भरी नारकीय हवाएं आ सकती थीं कि घर फुक जाए। वह

अन्दर-अन्दर स्वप्न को नये सिरे से बूझते और उससे स्वयं ही जूझते रहे।

जब चौथे दिन भी सारे प्रयासों के बावजूद वह स्वप्न उनपर हावी हुआ, यहां तक कि वह बड़ी देर तक उसके तंग पहियों के नीचे पिसते रहे, तब उन्हें सरला के सम्बन्ध में नहीं अपने सम्बन्ध में भयंकर चिन्ता पैदा हुई। स्पष्ट था कि अपना मन अपने हाथों से छूटता जा रहा था। उन्हें जाने क्यों ऐसा लगा कि स्वप्न यह चिल्ला-चिल्लाकर चुनौती दे रहा है कि तुमको पता भी नहीं लगेगा और तुम किसी दिन सरला पर हमला कर दोगे। वे इससे इतना घबड़ाए कि मृदुला को भी पता लग गया कि पति की तबियत कुछ खराब है, बोली—तुम रात को नींद में मुझसे चिपट-चिपट जाते हो, चेहरे पर एक शून्यता है, बयालीस साल की उम्र हुई, अब एक बार अच्छी तरह शरीर की पूरी चेकिंग क्यों नहीं करा लेते?

श्रीप्रकाश ने हंसकर बात टाल दी, पर इससे उनकी चिन्ता की गहराई और बढ़ी। परेशानी और काली हो गई। मृदुला बोली—यों तो ऊपर से कुछ दिखाई नहीं देता, पर कई बार रोग चुपके-चुपके से छेद करते रहते हैं, इसलिए बीच-बीच में जांच कराते रहना चाहिए। पिताजी तो हर तीसरे महीने चेकिंग कराते हैं...

मृदुला एक आदर्श पत्नी थी, पर श्रीप्रकाश को वर्तमान स्थिति के परिप्रेक्ष्य में ये बातें बहुत अप्रासंगिक लगीं। वे समझ गए कि अब उन्हें इसपर एक पूरा निबन्ध सुनना पड़ेगा कि परिवार में और परिवार के बाहर कौन-कौन-से लोग चेकिंग कराते हैं, उससे क्या लाभ है, पैसा किस दिन के लिए होता है, तुम ही हम लोगों के सबसे बड़े धन हो, इत्यादि-इत्यादि।

वे हंसकर बोले—चेकिंग तुम कह रही हो तो करा लूंगा, पर मुझे कोई तकलीफ नहीं है।—कहकर उन्होंने मृदुला के किंचित् झुके हुए वक्ष की ओर देखा जो कड़ाई के साथ बंधे होने पर भी अपना मुर्दारपन छिपा नहीं पा रहे थे, जब कि...। जब कि एकदम से यह विचार उनके

मन में कौंध गया कि सरला का यौवन जैसा कि उन्होंने आज सवेरे ध्यान से देखा, एक कुतुबमीनार की तरह आसमान की तरफ मुंह उठाए हैं। बड़ी खराब बात है, एक सद्गृहस्थ के लिए ऐसा सोचना, विशेषकर जब कि वह भोंडा स्वप्न बार-बार आकर उनके मुंह पर अपने कड़े रोओंवाली पूंछ घिस रहा हो। बोले—डाक्टर क्या करेगा, एक दिन तो सबको मरना ही है।

कह चुकने के बाद उन्हें अपना यह वाक्य भी बहुत भोंडा और अर्थपूर्ण लगा, मानो इस वाक्य से यह ध्वनि निकल रही हो कि एक दिन तो मरना ही है, मरने के बाद कुछ नहीं है, पाप-पुण्य परलोक आदि पण्डित-पुजारियों की पोपलीला है। भला भस्मीभूत देह फिर कहीं लौटकर आती है? इसलिए ऋण करो और घी पीओ। घी क्यों, सुरा पीओ। ऐसी सुरा जो झाग देकर कुतुबमीनार की तरह ऊपर को उफन-उछल रही हो। सहसा बड़बड़ाकर बोल उठे—चार्वाक बड़ा मूर्ख था।

मृदुला, जो उनकी उतारी हुई कमीज के बटन टांक रही थी, यह सोच रही थी कि लड़के की तबियत तो यों ही खराब रहती है, कितना भी खिलाओ मोटा नहीं होता, अब बाप की भी तबियत खराब रहने लगी। एक मैं ही घर में स्वस्थ हूं जिसके पास कभी कोई बीमारी नहीं फटकती, सिर में दर्द तक नहीं होता। यदि मेरा स्वास्थ्य इन लोगों में कुछ बंट जाता, तो अच्छा रहता। बोली—चार्वाक कौन? वही जो नास्तिक था? वह तो सचमुच मूर्ख था। यदि ईश्वर नहीं है, तो कुछ भी नहीं है। मनुष्यों का आपसी सम्बन्ध भी नहीं है। छोड़ो इन बातों को, तुम जल्दी चेकिंग करा लो।

श्रीप्रकाश बोले—चेकिंग क्या कराऊं, असली ज़रूरत तो यह है कि समय-समय पर कहीं चलकर हवा बदली जाए, पर इस बार गर्मियों में यहीं रहना पड़ा। इससे तबीयत शायद ढीली हो गई हो, पर मुझे तो कुछ दिखाई नहीं पड़ता। उम्र अपना असर तो दिखाएगी ही।

—पहलगाम जाने की सारी तैयारी थी, ऐन मौके पर प्रेम बोल पड़ा

कि मैं नहीं जाऊंगा, इसलिए मैंने भी कहा कि मैं उसे नौकरों के भरोसे कहां छोड़कर जाऊंगी, इसीसे तुम्हारा जाना नहीं हो सका, पर सितम्बर तो काश्मीर यात्रा के लिए बहुत सुन्दर समय है। इसी समय वहां सब फल-फूल खिलते हैं। चलो, इसी समय चले चलें।

पर अन्त तक इस दिशा में कुछ भी न हो सका और यही तय हुआ कि जब छुट्टी केवल सात रोज की मिल रही है, तो श्रीप्रकाश अकेले ही हरिद्वार या अधिक से अधिक लक्ष्मणझूला तक हो आएं। वे चाहें तो बूढ़े रामदयाल को भी ले जाएं, पर श्रीप्रकाश ने कहा—इसको कहां ले जाऊंगा, यहां पड़ा रहता है, ठीक है पर वहां तो मुझपर बोझ रहेगा।

इसलिए श्रीप्रकाश अकेले ही गए। जाते समय उन्होंने प्रेम से कहा—तू भी साथ चला चल, तेरी भी तबीयत ठीक नहीं है।

पर वह राज़ी नहीं हुआ, बोला—मुझे परीक्षा की तैयारी करनी है, मैं नहीं जा सकता, आप ही हो आइए।

मां ने भी ज़ोर लगाया, पर जब प्रेम ने यह कहा कि मैं जाने को तो चला जाऊंगा, पर यदि फेल हो गया तो मुझे दोष न देना—तब श्रीप्रकाश दुम दबाकर अकेले ही चले गए। फेल होने के नाम पर फेल होनेवाला भले ही एक बार न घबड़ाए, पर उसके मां-बाप ज़रूर घबड़ाते हैं।

हरिद्वार में श्रीप्रकाश ने खूब गंगा-स्नान किया, खूब पैदल सैर की, साथ ही कम खाना खाया, वह सब इसलिए कि स्वप्न न दिखाई पड़े। इसका वांछित फल भी हुआ, स्वप्न दिखना बन्द हो गया। श्रीप्रकाश बहुत प्रसन्न हुए, पर तीसरी रात को एक स्वप्न दिखाई पड़ा।श्रीप्रकाश स्वप्न देखने से नहीं घबड़ाते थे, बल्कि सरला को स्वप्न में नहीं देखना चाहते थे, और विशेषकर यह नहीं देखना चाहते थे कि वह गर्भवती है। स्वप्न में उन्होंने पहले देखा कि एक सड़क है, जिसपर पहले तो कुछ दिखाई नहीं पड़ा पर आंखों पर ज़ोर डालने से एक गदहे का चित्र उभरा। इससे श्रीप्रकाश स्वप्न में ही कुछ चौंक पड़े कि पता नहीं यह काहे का लक्षण

है। श्रीप्रकाश इस समय एक में दो व्यक्ति हो रहे थे। एक स्वप्न देख रहा था और दूसरा साथ ही उसका विश्लेषण करता जा रहा था कि कहीं यह अवांछनीय की ओर तो नहीं जा रहा है।

सड़क पर गदहा खड़ा था। मुंह ऊपर को किए, मानो अब आकाश को विदीर्ण करने के लिए रेंकने ही वाला हो। श्रीप्रकाश को बुरा लगा कि यह स्वप्न अवांछनीय तो नहीं है यानी यह उस मार्के का तो नहीं है जिससे डरकर दिल्ली छोड़कर भागे? आश्वस्त हुए कि यह वह स्वप्न नहीं है, पर साथ ही इसे भोंड़ा ही माना जाएगा। दो घण्टे तक गंगास्नान करते रहे और कानों में हर समय गूंजते रहे मंत्र। यद्यपि वे मन्त्र भिखमंगों की प्राकुलता-भरी मांग के साथ मिले हुए थे, कहीं मन्त्र भी उसी जाति के तो नहीं थे? फिर भी तीर्थ-यात्रा में आकर यह स्वप्न? नहीं, नहीं। क्या इसीके लिए यहां आए?

खैरियत है गधे ने रेंकने की प्रवृत्ति पर विजय पा ली और उसने गर्दन नीची कर ली। अगले ही क्षण गदहा सड़क पर इधर-उधर देखता रहा जैसे कुछ खाने को ढूंढ़ रहा हो। श्रीप्रकाश में जो विश्लेषण करनेवाला व्यक्तित्व था, वह उसपर हंस पड़ा कि भला यह सड़क पर क्या ढूंढ रहा है, यहां इसे क्या खाने को मिलेगा? इसी बुद्धि के कारण गधा इतना परिश्रमी होते हुए भी मूर्ख माना गया है। श्री-प्रकाश ध्यान से गधे का सारा कार्यकलाप देखते रहे। अरे, यह तो गधा नहीं, गधी है। पर गधा हो या गधी, अपने से क्या मतलब। पर यह जानते ही कि यह गधी है, भीतर कहीं छांय-छांय की छनक आ गई जैसे गरम तवे पर एकाएक पानी का छींटा पड़ा हो। व्यंग्य-भरा हंसता हुआ दोहरा चेहरा सावधान हो गया।

गधी सड़क पर कुछ ढूंढ़ती रही, क्या ढूंढ़ेगी? खाने की ही चीज़ ढूंढ़ रही होगी। फिर हंसी आई, पर ब्रेक से युक्त गधी ने ऊपर को मुंह किया और श्रीप्रकाश ने रेंक की सम्भावना से कानों पर पहले से ही उंगली रख

ली। गधे की जाति बहुत परिश्रमी है, पर इसी रेंक के कारण मनुष्यों ने उसे बहुत निम्न दर्जे का करार दिया है और बनते-बनते वह मूर्खता का प्रतीक बन गया।

गधी ने ऊपर की ओर मुंह किया, जैसे अधिक हवा खींच रही हो, ताकि उसे तेज़ी से निकाल सके। कहीं पर श्रीप्रकाश ने एक व्यंग्यचित्र देखा था, जिसमें यह दिखाया गया था कि गधा पक्का गाना गा रहा है और उसका एक खुर कान पर है। पक्के गाने के किसी दुश्मन ने यह व्यंग्यचित्र बनाया था।

गधी देर तक ऊपर की तरफ मुंह किए रही, पर रंकी नहीं। लगा कि वह भीतर ही भीतर कुछ संग्राम कर रही है, जैसे किसी भीतर से आनेवाली चीज़ को रोक रही है। श्रीप्रकाश ने सोचा शायद भीतर से गवास बहुत ज़ोर मार रही होगी, तोम् तन न न तेरे कट..., उसीको यह रोक रही है, क्योंकि भला पण्डे-पुजारी कब मानने के, लाठियां लेकर दौड़ पड़ेंगे कि सुबह-सुबह यहां रेक कैसी? कितना कुलक्षण हुआ कि सारा दिन खराब जाएगा। दिन तो खराब जाएगा अपने कर्मों से, पर गधी पिटेगी। यही दस्तूर रहा संसार का, केवल धोबियों का नहीं।

श्रीप्रकाश को कुछ बुरा लगा कि मेरी सहानुभूति गधी के साथ है। अरे, किस जंजाल में फंस गए, राम-राम। सवेरे का वक्त है, फिर नींद क्यों नहीं खुल जाती। श्रीप्रकाश ने बहुत हाथ-पांव मारे कि इस स्वप्न से छुट्टी मिले और नींद खुल जाए, फिर वही सड़क दिखाई पड़ी, जिसमें वह गधी मुंह ऊपर को किए हुए थी। रेंकना है तो रेंक ही ले, ताकि नींद खुल जाए और ज़हमत से प्राण छूटें। जब मृदुला से कहूंगा मुझे हरिद्वार में जाकर स्वप्न में गधा दिखाई पड़ा (गधी नहीं बताऊंगा) तो वह क्या कहेगी? मालूम होता है, मेरा मन चंचल हो रहा है, तभी स्वप्न में अनाप-शनाप पाप-भरी शापसनी बातें दिखाई दे रही हैं, जिनका न कोई सिर है न पैर, बिल्कुल बेतुकी। कुछ अच्छी पुस्तकें पढ़नी चाहिएं

जिससे मन शुद्ध हो और अन्तःकरण का मल थिराकर परिष्कृत हो जाए।

खैर यह भी अच्छा है। उससे तो अच्छा है। हरिद्वार का कुछ असर तो हुआ। मानो इसी विचार को झुठलाते हुए तुरन्त यह दिखाई पड़ा कि वह गधी तो अन्तर्धान हो गई और उसकी जगह पर सरला खड़ी थी और वह कै करने ही वाली थी। वह अपने को संभालने की कोशिश कर रही थी, पर भीतर से कै ज़ोर मार रही थी। उसने कै बचाने के लिए अपने फूले हुए पेट की साड़ी ढीली की और उसपर हाथ फेरती रही, फिर भी कै नहीं रुकी और उसने कै कर ही डाली।

के के छींटे श्रीप्रकाश पर पड़े और उन्हें लगा कि उसकी खट्टी बू उनकी सांस में समा गई है। वे फड़फड़ा कर जग गए। स्वप्न इतना वास्तविक था कि अब सरला तो दिखाई नहीं पड़ रही थी, पर श्रीप्रकाश बाबू को ऐसा लगा कि सारे वातावरण में एक खट्टी बू तैर रही है और उससे घुटन पैदा हो रही है। श्रीप्रकाश उठे और जल्दी से मुंह धोया। पौ फटने ही वाली थी। मन्दिरों के घण्टे-घड़ियाल सुनाई पड़ रहे थे और साथ-साथ स्नान और दर्शन के लिए जानेवाले यात्रियों की तरह-तरह की आवाजें, गलत-सही उच्चारण में मन्त्रपाठ, बेसुरे गीत, खखार और थूकना। तीर्थों में जैसे होता है।

तो कुछ भी लाभ नहीं हुआ। दो दिन तो इस कारण स्वप्न नहीं देखा था कि रात तीन बजे ही, पहला मन्त्रपाठ सुनाई पड़ते ही वे उठ जाते थे, पर आज नींद नहीं खुली, उसका नतीजा यह हुआ। श्रीप्रकाश धोती-अंगोछा लेकर गंगास्नान के लिए चल पड़े, पर मन में कोई उत्साह नहीं था। न तीर्थ के प्रति श्रद्धा रह गई थी न गंगाजी के प्रति भक्ति। लौट जाना ही अच्छा है, यहां व्यर्थ में होटलवालों के शिकार ही रहे हैं। सबने मकड़ियों की तरह जाल फैलाकर खूब लूट-पाट मचा रखी है।

श्रीप्रकाश जब स्नान से लौटे तो धूप अच्छी तरह निकल चुकी थी, पर वह बुरी इसलिए नहीं मालूम हो रही थी कि गंगा का पानी बहुत ही ठंडा था। तो क्या आज ही लौट चला जाए। सात दिन कहकर आए और चार दिन में लौट जाएं, तो यह कोई अच्छी बात नहीं होगी। मृदुला व्यंग्य करेगी कि इतनी उम्र हुई, अब भी चार दिन अलग नहीं रहा जाता। व्यंग्य करे, करे, अपना ही घर है, अपनी ही स्त्री है पर असली प्रश्न तो यह है कि यह सरला बार-बार क्यों दिखाई दे रही है, इसका क्या रहस्य है? यों तो यह इतने सालों से घर में है, पर न तो कभी उसकी ओर विशेष ध्यान गया और न कभी वह स्वप्न में दिखाई पड़ी। बूढ़ा नौकर रामदयाल तो दो-चार बार स्वप्न में दिखाई भी दे जाता है, पर सरला कभी नहीं दिखाई पड़ी। विशेषकर वह गर्भवती क्यों दिखाई पड़ती है? जैसे रामदयाल को देखा वैसे सरला को भी स्वप्न में देखने में कोई हर्ज नहीं है, पर वह गर्भवती क्यों दिखलाई देती है। यही तो सारी सर्पिल समस्या है जो डसने को दौड़ रही है जीभ लपलपाकर। क्या इस प्रकार अपने मन की कोई छिपी गांठ सामने उभर रही है या यह भविष्य की इंगितमूलक अनामिका है? जहां तक मन को टटोला, खखोला, काँटा डाला, उसमें तो ऐसा कोई पितृघाती, पत्नीघाती छिपा रुस्तम नहीं हाथ लगा, पर कौन जाने? यहीं पर तो आकर मन चक्कर खाता है। समझ धुंधलके में लुप्त हो जाती है। अपने ऊपर सन्देह की दीवार खड़ी हो जाती है, ऊपर भी और अपने ईर्द-गिर्द भी।

श्रीप्रकाश ने कम से कम एक दिन और रहने का निश्चय किया। यहां इतने साधू-महात्मा हैं, क्या इनमें से कोई माई का लाल ऐसा उपाय नहीं बता सकता, जिससे इस स्वप्न की खुराफात से छुट्टी मिले? स्वप्न से छुट्टी बड़ी बात नहीं थी, असली बात थी मानसिक शान्ति, उसका लौटना ज़रूरी था। स्वप्नों से क्या आता-जाता था, पर उनके कारण अपने ऊपर भरोसा और आस्था जिस प्रकार डगमगा रही है और मन का सिंहासन जिस प्रकार डोल रहा है, उससे बहुत ही भय पैदा होता है। शंका होती है

कि कहीं मन का घोड़ा लगाम की बेड़ियों को झनझनाहट के साथ तुड़ाकर छूट न जाए और उससे एक ऐसा धड़ाका हो कि पहले का संसार बिल्कुल विध्वस्त और बरबाद हो जाए। कभी कमज़ोरी की फुरहरी महसूस नहीं हुई थी, फिर यह क्या हो रहा है? यह पानी कहां बहा ले जाए, किस किनारे पर ले जाकर पटके कि वहां सारी मान्यताओं और मूल्यों पर पानी फिर जाए।

2

जब से श्रीप्रकाश हरिद्वार आए थे, तब से स्वामी शुद्धानन्द का नाम बहुत प्रसंगों में बार-बार सुन रहे थे। खोजकर उनके आश्रम में पहुंचे, तो वहां भक्तों की भीड़ जमा थी। स्वामीजी कुछ पढ़कर प्रवचन कर रहे थे। ध्यान से सुना तो मालूम हो गया कि गीता है। वह निष्काम कर्म का उपदेश दे रहे थे और बड़ी ओज-भरी भाषा में अपना सर्मन पेश कर रहे थे। श्रीप्रकाश बैठे-बैठे उसे सुनते रहे, पर मन पर कुछ खरोंच नहीं पड़ी। मैं निष्काम कर्म तो नहीं कर रहा हूं, हूं साधारण गृहस्थ पर स्वप्न से मेरा कोई सम्बन्ध दिखाई नहीं पड़ता, फिर भी मैं देर कर रहा हूं। मैंने कभी सरला पर कुदृष्टि नहीं डाली, फिर भी उसका बढ़ा हुआ पेट और कै यह सब क्या दिखाई पड़ रहा है, कब तक दिखाई पड़ेगा? इस स्वप्न के कारण पत्नी के साथ जो अटूट अंतरंगता थी, स्वप्नों तक बताने की, वह नष्ट हो गई। पहले पत्नी से हर बात बताते थे और हर बात पर हंसी आती थी। अब किसी बात पर नहीं आती। एक घुटन पैदा हो चुकी थी जो निरन्तर अपने काले डैनों में सारी खुशियों और हंसियों को समेटती जा रही थी।

स्वामीजी का प्रवचन समाप्त हुआ। सब लोग उठने लगे। श्रीप्रकाश भी उठने लगे, पर एक शिष्य जो स्वामीजी की तरह गेरुआ वस्त्र पहने

हुए था, आकर मुस्कराहट के साथ श्रीप्रकाश से बोला—आप पहले-पहल आए हैं न? आप स्वामीजी से मिलना चाहते हैं?

श्रीप्रकाश इस समय तक बैठे-बैठे यही सोच रहे थे कि किस प्रकार स्वामीजी से मिला जाए, मिला भी जा सकता है या नहीं, पर जब मिलने का प्रस्ताव बिल्कुल उनके सामने खड़ा हो गया, तो जाने कैसी झिझक में तन-मन लड़खड़ा गया, बोले—मैं अकेले में मिलना चाहता हूं।

शिष्य ने मुस्कराहट से डांटते हुए कहा—वे सबसे अकेले ही मिलते हैं। आप प्रतीक्षा कीजिए, बारी पर बुलाए जाएंगे।

बारी शब्द की खनक इस वातावरण में जाने क्यों कुछ खोटी लगी, फिर भी वे रुके रहे क्योंकि समय तो काटना ही था। स्थिति ऐसी थी कि तिनके का सहारा भी बहुत कुछ लग रहा था, शायद स्वामीजी मन के आन्तरिक रहस्यों को समझते हों और वे विद्रोही घोड़े के मुंह में लगाम डाल सकें। वे देखते रहे कि दो-तीन आदमी बारी पर गए। उन आदमियों को देखकर अपने ऊपर श्रद्धा नहीं बढ़ी। सभी टूटे हुए, उखड़े-पुखड़े लगते थे। अरे? तो क्या मैं इस दहाई में से एक इकाई हूं। अपने ऊपर अनुकम्पा हुई, पर उसीके लासे में पैर चिपके रहे। कोई बोला, उठो, पर उठते न बना।

जब उसी शिष्य ने श्रीप्रकाश को भीतर जाने के लिए कहा, तो वे एकाएक घबड़ा गए क्योंकि अपना कितना निकालकर दिखाना है, इसपर अभी वे कोई निश्चय नहीं कर पाए थे। स्वामीजी ने मन्द-मन्द मुस्कराकर, जैसे जन्म-जन्मान्तर का परिचय हो, श्रीप्रकाश का स्वागत किया, अपनी गिद्ध की तरह दृष्टि से उन्हें अच्छी तरह तोलकर बोले—बेटे, तुमको क्या दुःख है?

स्वामीजी द्वारा बेटा करके सम्बोधित होने पर श्रीप्रकाश चौंके नहीं क्योंकि स्वामीजी की उम्र साठ तो लगती ही थी, भभूत मलकर झुर्रियां बहुत कुछ मिटा देने पर भी। स्वामीजी एक मृगचर्म पर बैठे हुए थे। कुछ मोटी पुस्तकें रखी हुई थीं और कहीं से धूपबत्ती की सुगन्ध हवा पर

सदियों का बोझ डाल रही थी। पता नहीं यह कौन-सी परिपाटी है कि जो अहिंसा और शांति का आशीर्वाद देते रहते हैं, वे मृगचर्म पर बैठते हैं। श्रीप्रकाश ने फौरन कहा—महाराज, मुझे कोई दुःख नहीं है।

इसपर स्वामीजी मुस्कराए, अविश्वास में, पर अविश्वास की मात्रा इतनी नहीं थी कि चिलचिलाए, बोले—मेरे यहां तो केवल दुखी ही आते हैं।—कहकर उन्होंने श्रीप्रकाश के अन्दर सर्चलाइट फेंककर झांका।

श्रीप्रकाश अभी तक यह तय नहीं कर पाए थे कि अपने को कितना खोलना है, इसलिए बोले—मुझे बेतुके स्वप्न बहुत सता रहे हैं। मैं चाहता हूं कि स्वप्न मुझे न सताएं।

स्वामीजी को आश्चर्य हुआ, बोले—स्वप्न तो सभी देखते हैं। मन जब बाहरी बंधनों से मुक्त हो जाता है, तभी वह स्वच्छन्द विहार करने निकल जाता है, कभी भूतकाल के मैदानों में और कभी तेज़ उड़ता है तो भविष्य के बादलों और नीहारिकाओं को भी छू-छू लेता है। इस नैसर्गिक प्रक्रिया से घबड़ाने की कोई बात नहीं है। तुम कैसे स्वप्न देखते हो?

तब श्रीप्रकाश को सारी बातें बतानी पड़ीं सिवाय इसके कि वह, जिसे वे गर्भवती के रूप में स्वप्न में देखते हैं, उन्हींके घर में मौजूद है। स्वामीजी ने सब कुछ सुनकर कहा—कहीं पर बात समझ में नहीं आ रही है।—कहकर उन्होंने आंखें मूंद लीं जैसे गहराई में गोता लगा गए। अगले ही क्षण बोले—तुम कुछ छिपा रहे हो। यदि यह स्त्री तुम्हारी परिचिता नहीं है, तो तुम्हें परेशान होने की क्या ज़रूरत है। तुम पूरी बात बताओ, नहीं तो मेरे यहां से निकल जाओ। मैं ऐसे लोगों से कारोबार नहीं रखता, जो पेट छिपाते हैं।

अन्तिम कुछ शब्द इतने ज़ोर से कहे गए थे कि वह शिष्य भीतर आ गया था। स्वामीजी ने कहा—इसे तुम ले जाओ। यह दवा चाहता है, पर रोग को गले से लगाकर छिपा रहा है।

ये शब्द भी बहुत ही क्रोध और उससे अधिक घृणा से कहे गए थे,

पर शिष्य ने बहुत ही मधुर ढंग से कहा—स्वामीजी के यहां आपका आना व्यर्थ होगा यदि आप पूरी बात न बताएं। यों तो वे जान गए हैं, पर वे आपके मुंह से सारी बात कहलवाना चाहते हैं क्योंकि आपके कल्याण के लिए यह आवश्यक है।

एक क्षण, केवल एक क्षण था, जिसमें निर्णय करना था और श्रीप्रकाश ने अपने को कहते हुए सुना—हां महाराज, मैं पूरी बात बता रहा हूं।

कहकर उन्होंने सारी बात बता दी। जितनी घटना थी, उतनी बताई, जितना स्वप्न था, वह भी बताया। सुनकर स्वामीजी पहले की तरह मन्द-मन्द मुस्कराने लगे, जैसे यह कोई बहुत ही मामूली किला हो। बोले—तुम डर इसलिए रहे हो न कि कहीं तुम अपनी नौकरानी पर आसक्त न हो जाओ। उससे तुम दो ही उपायों से बच सकते हो, या तो तुम घर छोड़ दो या उसे घर छुड़वा दो।

श्रीप्रकाश ने भी यही सोचा था, पर यह समझ में नहीं आ रहा था कि सरला को किस प्रकार से निकाला जाए। कुत्ते के गले में फन्दे डालने के लिए यह ज़रूरी है कि उसे पागल या कटहा करार दिया जाए। बोले—अच्छा महाराज।

स्वामीजी ने शिष्य को पुकारा—ब्रह्मचारी!

और जब वह आ गया तो बोले—इन्हें ले जाओ, ये फिर मिलेंगे।

श्रीप्रकाश ने पांच रुपये स्वामीजी के सामने रख दिए और प्रणाम कर उठ खड़े हुए। जब तक वे बाहर निकले तब तक दूसरा भक्त भीतर आ चुका था। श्रीप्रकाश निकले तो पहले की तरह ही दुखी थे। हां, एक बात अब समझ में आ रही थी कि अपनी मानसिक शक्ति तथा परिवार के कल्याण के लिए क्या सरला को निकाला नहीं जा सकता? मृदुला से साफ बात कह दी जाए कि इस-इस प्रकार से मैं स्वप्न में देख रहा हूं। मुझे यह पसन्द नहीं है। तुम इसे और कहीं नौकरी दिलवा दो या अपने मायके भेज दो।

इस निश्चय के बाद हरिद्वार में रहकर होटल की रोटियां तोड़ना बेकार कष्ट मालूम हुआ, पर एक दिन तो कम से कम और रहना ज़रूरी था ताकि कोई कुछ कह न सके, मृदुला हंस न सके।

यद्यपि सवेरे वे स्नान करके स्वामीजी के आश्रम में गए थे, पर अब फिर से समय काटने के लिए स्नान करने गए क्योंकि हरिद्वार में गंगा का आकर्षण ही सबसे बड़ा आकर्षण है। जब वे नहाकर घाट पर कपड़े पहन रहे थे तो उन्होंने देखा कि वही शिष्य खड़ा है। वह बोला—स्वामीजी ने आपको नहीं बताया, पर उनका अनुमान है कि आपकी नौकरानी गर्भवती हो चुकी है और आप इसे छिपा रहे हैं। तो यदि आपके सामने यह समस्या है कि उसे कहां भेजा जाए, तो आप उसे यहां भेज सकते हैं। इसके लिए प्रणामी बंधी हुई है। पैसा दीजिए और जैसा आप चाहेंगे वह हो जाएगा।

—जैसा मैं चाहूंगा?—श्रीप्रकाश ने अचरज से कहा।

—हां, जैसा आप चाहेंगे। चाहें तो गर्भ साफ कर दिया जाए या चाहें तो उसे हमेशा के लिए गायब कर दिया जाए। अपने शिष्यों के कल्याण के लिए स्वामीजी को तो नहीं, पर हम लोगों को सब प्रकार की लीला करनी पड़ती है। ऐसा न करें तो आजकल साधुओं को कौन पूछे।

श्रीप्रकाश को बड़ा आश्चर्य हुआ, पर इतना नहीं कि वे किंकर्तव्यविमूढ़ हो जाएं। बोले—अच्छी बात है, अभी तो ऐसी कोई बात नहीं है, याद रखूंगा।

श्रीप्रकाश बचपन से अपने काम से काम रखते थे। उन्हें कभी दूसरे क्या कर रहे हैं इस सम्बन्ध में जिज्ञासा नहीं रहती थी। पिताजी की देख-रेख में सारी पढ़ाई हुई, उन्होंने ही नौकरी में लगवा दिया था और उन्होंने ही शादी करवाई थी। उन्हींके कारण बराबर तरक्की भी हो रही थी, क्योंकि जिस दफ्तर में वे काम करते थे, उसके प्रधान उनके पिता के मित्र थे। बाहरी जगत् ऐसा है और उसमें साधु-सन्त नाम से रेंगनेवाले लोग साधु-सन्त के अलावा कुछ और भी हो सकते हैं, इसका उन्हें पता

नहीं था। एक तो स्वप्न से परेशानी थी, आत्मबल की पूंजी चुक गई थी और तिसपर यह धक्का लगा कि जिस स्वामी शुद्धानन्द का इतना प्रचंड नाम है, यदि वे नहीं तो उनके चेले इस प्रकार के हैं। मन तो यही हुआ कि इस वातावरण का लबादा शरीर पर से उतारकर मादरज़ाद नंगे फौरन सिर के बल उलटे पांव भाग चला जाए। पर आत्मदर्शन हो जाने के कारण डर यह हो रहा था कि कहीं लौटकर वे सचमुच वही बात न कर डालें, जिसकी शंका थी। छी-छी, कभी जिस बात को सोचा नहीं, कभी जिसकी तरफ आंख उठाकर देखा नहीं, कम से कम बुरी नीयत से नहीं देखा, वही बार-बार स्वप्न में दिखाई पड़े। गर्दन टेढ़ी करके ऊपर को मुंह अधखुला किए हुए गधी और उसके बाद ही उसका रहस्यमय रूप से पेट फूली हुई सरला में परिवर्तित हो जाना, यह दृश्य आंख बन्द करते ही बार-बार सामने आ जाता था, इसलिए होटल से खाना खाकर धर्मशाला में लेटने पर नींद नहीं आ सकी। मन में तनाव बना रहा। ऐसा लगा कि जैसे जीवन का कोई संधिकाल आ गया हो और यह अन्तिम बार निश्चित होने जा रहा हो कि वे सद्गृहस्थ रहेंगे या कि अपना घर तोड़ देंगे।

श्रीप्रकाश ने यह तो निश्चय कर लिया कि अगले दिन सवेरे की पहली बस से दिल्ली लौट जाना है, पर बीच में लम्बी काली रात थी, एक भयंकर, बहुत चौड़ी गहरी उफनती झाग देती नदी की तरह, जिसपर कोई पुल दिखाई नहीं पड़ता था। एक बार सोचा कि क्यों न तीन बजे की बस से चला चलूं तो रात काटने की कंटीली समस्या नहीं रहेगी, पर पौरुष आकर सामने सीना तानकर खड़ा हो गया और पहलेवाला निश्चय ही कायम रहा। कुछ अवज्ञा की भावना भी पैदा हुई कि स्वप्न ही तो देखता हूं, कोई बुरा काम तो नहीं करता और स्वप्न पर मेरा भला क्या वश है। स्वप्न में तो लोग कितनी-कितनी बुरी बातें देख जाते हैं। मेरा इसपर शंकित होना ही मानसिक कमज़ोरी का परिचायक है। बला से जो भी स्वप्न देखूं।

दूसरी रातों की तरह उस रात को श्रीप्रकाश ने गीता-पाठ में समय नहीं बिताया, ज्योंही ज़रा नींद-सी लगने लगी, त्योंही उन्होंने आत्मसमर्पण कर दिया। सोते समय बराबर डर बना रहा कि कहीं स्वप्न न देखूं, पर साथ ही एक चुनौती और अवज्ञा का पलायन भी उसमें लगा हुआ था कि स्वप्न देखूं भी तो क्या आता-जाता है। कुछ भी नहीं आता-जाता। किसीके बाप का नौकर नहीं, कोई बुरा काम नहीं किया, केवल स्वप्न देखे जिनपर किसीका वश नहीं। जो महात्मा बने दूकान चला रहे हैं, वे भी गर्भ गिराते हैं और स्त्रियों को गायब कर देते हैं—आर्डर पर। फिर स्वप्न देखने में क्या दोष है?

जब टन्-टन् करके रात के तीन बजे तो श्रीप्रकाश की नींद उचटकर खुली और उन्होंने घड़ी देखी, तो बड़ी खुशी हुई कि अब तक कोई स्वप्न नहीं देखा था। शायद स्वप्न से जूझने का यही सबसे अच्छा तरीका है कि उससे डरा न जाए। बाबू श्रीप्रकाश ने एक कुल्ला करके थोड़ा-सा पानी पिया और फिर वे सो गए। यद्यपि अब न सोते तो कोई बात नहीं थी, क्योंकि पहली बस छः बजे छूटती थी।

कई यात्री उठकर हनुमान चालीसा या जिसे जो भी मंत्र आदि याद था उसकी आवृत्ति (अक्सर गलत उच्चारण और भोंडे स्वर में) करते हुए सोनेवाले लोगों के सीने पर अपनी जयपताका की मूंग की दाल दलकर फहरा रहे थे। पर केवल हेकड़ी दिखाने के लिए (अपने को) श्रीप्रकाश फिर से सो गए। इसका कोई डर बिना रखे कि कहीं नींद लम्बी हो गई तो छः बजे की बस छूट सकती है। छूट जाए तो ठेंगे से, अगली बस फिर दो घंटे में खुलती है। कौन-सा अनर्थ हो जाएगा! श्रीप्रकाश तुरन्त ही सो गए, पर थोड़ी हीदेर में उन्हें ऐसा लगा कि कोई गधा रेंक रहा है, गधी नहीं, इतना तो श्रीप्रकाश ने ध्यान से देख लिया। फिर भी रेंक से बड़ी बेचैनी पैदा हुई क्योंकि यह डर लगा कि एक बार कायापलट हो चुकी, तो फिर भी हो सकती है। गधा गधी बनेगी, फिर वही सिलसिला जारी हो जाएगा, गर्दन टेढ़ी करके ऊपर करके उठाना, आधा मुंह खोलना और

फिर कै से जूझना और अन्त में कै कर देना ; यह सब शुरू हो जाएगा। इसलिए सोते ही में ही श्रीप्रकाश ने बहुत ज़ोर मारा और उनकी नींद खुल गई, तो सचमुच कोई गधा मस्त होकर ध्रुपद का अलाप कर रहा था। इसपर श्रीप्रकाश को हंसी आई कि मैं स्नायविक रूप से कितना दुर्बल हो गया हूं। मैं उस गाय की तरह हो गया हूं जो कभी अग्निकाण्ड में फंसी थी और अब उसे सिन्दूरी बादलों से भी भय लगता होता है।

वे जल्दी-जल्दी उठे। घड़ी में अभी पांच ही बजे थे। एक बार मन हुआ कि गंगाजी में जाकर एक डुबकी लगा आएं, फिर खयाल आया कि डुबकी में कुछ धरा नहीं है। न गंगा में कुछ धरा है, न साधुओं में न तीर्थों में। मन चंगा तो कठौती में गंगा।

वे मुंह-हाथ धोकर बस पर सवार हो गए।

3

जब श्रीप्रकाश दिल्ली पहुंचे तो दो बजे थे। बहुत अच्छा समय था। खुशी-खुशी बसस्टैण्ड से टैक्सी पर बैठकर घर पहुंचे, तो वहां किसीका पता नहीं था। प्रेम तो अभी कालेज में होगा, पर मृदुला और सरला दोनों कहां गईं? क्या उन्हें सांप सूंघ गया? इसके पहले तो ऐसा कभी नहीं हुआ था कि दोनों निकल जाएं और घर खुला रहे। श्रीप्रकाश का माथा बुरी तरह ठनका, जैसे भविष्य में होनेवाले अशुभ की एक मनहूस छाया मन पर पड़ी। क्या बात हो सकती है? श्रीप्रकाश ने स्वयं ही टैक्सी से माल उतारा और पैसा चुका देने के बाद वे घर के अन्दर गए, तो मृदुला मौजद थी, पर उसने ऐसा दिखाया मानो उसे कुछ दिखाई न पड़ रहा हो। श्रीप्रकाश को बड़ा धक्का लगा। क्या प्रेम को कुछ हो गया है या और कोई बात है? यह बड़ी गलती हुई कि हरिद्वार जाकर कोई पता नहीं दिया।

सोचा था दो-तीन दिन में लौटूंगा ही, फिर क्या पता देना था?

श्रीप्रकाश ने मृदुला के पास जाते हुए कहा—क्या बात है, मृदुला, तुम दुखी क्यों हो? सरला कहां है?

—सरला यहीं है, आपको चिन्ता की ज़रूरत नहीं है।—कहकर मृदुला ने पूछा—आप खाकर आए होंगे या आपके लिए खाना तैयार किया जाए?

श्रीप्रकाश ने खाना नहीं खाया था, यह सोचकर कि होटल की रोटियां काफी तोड़ लीं, जब तक घर में नहाएंगे, तब तक बन जाएगी, नहीं तो कुछ नाश्ता ही कर लेंगे। भूख बहुत लग रही थी, इतनी कि सता रही थी, पर वातावरण देखकर एकदम भूख जाती रही, प्यास जाती रही, जिजीविषा भी बुझ गई। पता नहीं क्यों ऐसा लगा कि देखे हुए स्वप्नों में और मृदुला के इस उदासीन और बेगाने व्यवहार में कोई नाड़ीगत सम्बन्ध है, जैसे एक अवस्था दूसरी में से ही निकली हो, जैसे वे सांप की दो जीभों की तरह एक और अभिन्न हों।

बाबू श्रीप्रकाश ने कह दिया—मैं खाकर आया हूं, पर बात क्या है, घर में ऐसी मुर्दनी क्यों है? तुमने ऐसी मैली-कुचैली साड़ी क्यों पहन रखी है? प्रेम तो ठीक है? बाबूजी के यहां से या तुम्हारे मायके से कोई चिट्ठी तो नहीं आई?

मृदुला ने प्रश्नों की झड़ी का कोई उत्तर नहीं दिया। वह जिस प्रकार बुझी थी, उसी प्रकार बनी रही। वह वहां से चली गई और एक गिलास में शिकंजबी बनाकर ले आई। कहां गई मृदुला की वह स्नेह-भरी हंसी जिसके स्पर्श-मात्र से सब थकावट दूर हो जाती थी और जीवन एक आनन्द रस से आलुप्त हो जाता था।

श्रीप्रकाश ने शिकंजबी के गिलास की तरफ एक बार लोलुप दृष्टि से देखा, फिर बोले—तुम क्यों शिकंजबी लाईं, सरला कहां गई?

इसपर मृदुला ने कुछ झाग के साथ कहा—वह कहीं नहीं गई, यहीं है।

श्रीप्रकाश ने बात नहीं बढ़ाई, डरते-डरते शिकंजबी पी ली, जिसका कोई स्वाद नहीं मालूम हुआ। उन्हें विश्वास हो गया कि वही बात हुई है जिसका डर था। किसी तरह मृदुला को स्वप्नों की बात मालूम हो गई, पर जब मैंने किसीसे वह बात कही नहीं, तो उसे मालूम कैसे हो गई? क्या मैंने कहीं गलती से कुछ लिख दिया? नहीं, ऐसा भी नहीं किया, सिवा स्वामी शुद्धानन्द के और किसीको बताया नहीं, सम्भव है उनके कथित शिष्य ब्रह्मचारी ने सारी बातें सुन ली हों, पर मृदुला को भला उन स्वप्नों का कैसे पता लग गया? बहुत ही अजीब बात है। क्या मृदुला ने भी उन्हीं स्वप्नों को देखा है जिन्हें मैंने देखे हैं, और उनसे उसने वे ही उपसंहार निकाले हैं जो मैंने निकाले हैं और जिनके खौफ से मैं यहां से भाग खड़ा हुआ था?

श्रीप्रकाश को ऐसा लगा, जैसे धरती घूमने का प्रत्यक्ष प्रमाण पैरों के नीचे मिल रहा हो। धरती अपने अक्ष पर घूम रही है और वे और उनका सारा संसार भनभनाकर घूम रहा है, किसी वक्त धरती के इस घूमने से पस्त होकर मैं महाशून्य में गिर सकता हूं। उन्होंने सुन रखा था कि महाशून्य में गिरना और उठना दोनों एक ही हैं, इसलिए और भी परेशानी हुई। श्रीप्रकाश से कुछ बोला नहीं गया।

मृदुला, जो सचमुच हमेशा से अपनी मृदुता के लिए प्रसिद्ध थी, इस समय अपने पति को किटकिटाकर घूर रही थी, एकाएक बोली-सरला गर्भवती है, यही जानकर तुम परेशान थे और भाग खड़े हुए थे न?

सरला गर्भवती है, सुनकर धरती के गोलक पर बैठे हुए श्रीप्रकाश के हाथ-पैर सारे छूट गए, केवल छिगुनी उनसे चिपटी रही, किसी क्षण यह छिगुनी भी छूट सकती थी। चेहरे पर हवाइयां उड़ने लगीं, बोले—गर्भवती है?

—हां, है!—मृदुला ने निष्ठुरता के साथ कहा, ज़ोर देकर।

किसी सन्देह की गुंजाइश नहीं थी। मृदुला ने अच्छी तरह जांच कर

ली होगी, तभी वह कह रही है। इसके साथ ही यह भी स्पष्ट है कि वह गर्भ को उनके साथ संयुक्त कर रही है। उसकी आंखों में उनके लिए तीव्र काली भर्त्सना और अमिट घृणा के तीर हैं, जिनमें कहीं पर क्षमा का कोई कण भी नहीं है। श्रीप्रकाश की छिगुनी भी छूटने लगी, केवल एक रोएं-भर स्थान से वे धरती से भन्न-भन्न करके अत्यन्त तेज़ घूमनेवाली धरती से संयुक्त रहे, पर वह सम्पर्क भी समाप्त होने ही को था। अजीब भर्राए हुए स्वर में बोले गर्भवती है? यह कैसे हुआ?

विराट अजगरनी की तरह फुफकारती हुई और सांसों से जैसे उन्हें अतल अन्धकार में आकर्षित करती हुई मृदुला बोली—कोई औरत गर्भवती कैसे होती है, क्या यह तुम नहीं जानते? इसीलिए तुम बेचैन थे और भाग खड़े हुए कि अब रहस्य खुलने ही वाला है, छिपाया नहीं जा सकता।—कहकर उसने जैसे पति को डस लिया आगे बढ़कर।

श्रीप्रकाश बाबू को सचमुच बड़ा आश्चर्य हुआ कि यह सब हो कैसे गया? मैंने तो कुछ किया नहीं, पर इधर उन्होंने स्वप्नों की छानबीन के लिए जो साहित्य पढ़ा था, उसके साथ ही उनके हाथ कुछ ऐसे ब्यौरे भी आ गए थे कि लोग अपने अनजान में रात को उठते हैं, और जाने क्या-क्या करके लौट आते हैं, उन्हें उन कार्यों का कुछ पता नहीं होता। तो क्या, सोचने-मात्र से शरीर सुन्न पड़ जाता है? तो क्या मैंने नींद में उठकर यह सब खुराफात किया? धरती से जो रोमां-भर सम्बन्ध बना हुआ था, वह टूटने को हुआ। सिर के अन्दर जैसे एक बिजली दहाड़ के साथ चमकी। उन्होंने यन्त्रचालित की तरह सामने की ओर हाथ बढ़ाया और शिकंजबीवाले गिलास में पड़ी हुई तलछट को पी लिया। मृदुला ने देखा कि पति का चेहरा पीला पड़ गया है। एक गिलास पानी की बहुत ज़रूरत है, पर उसने अवज्ञा के साथ देखकर भी नहीं देखा और पहले की तरह श्रीप्रकाश को घूरती रही जैसे घूरने की प्रक्रिया से ही उन्हें उस पत्ते की तरह निगल जाएगी, जो अपने ऊपर बैठे हुए कीड़े को सिमटकर

बन्द कर लेता है।

श्रीप्रकाश को यह विश्वास हो गया कि नींद में उठकर ही उन्होंने सब कुछ किया है। अपने ऊपर बड़ी घृणा हुई। अब तक तो वे धरती से जुड़े रहने के लिए संग्राम कर रहे थे, पर अब वे यह प्रयास करने लगे कि छिगुनी का वह रोआं-भर स्थान छूट जाए और इस ग्लानि, आत्मपीड़न और कष्ट से धड़ाक से मुक्ति मिले। मृदुला को कैसे समझाया जाए कि मैंने कुछ नहीं किया और जिसने किया, वह मैं नहीं हूं। मृदुला की आंखें जल्लाद के हाथ के खड्ग की तरह चमचमा रही थीं और बाबू श्रीप्रकाश के सिर पर बिजली बनकर बरसने के लिए कसमसा रही थीं। वहां करुणा की एक भी चिनगी नहीं थी, केवल क्रोध, ईर्ष्या और प्रतिहिंसा के तीर उसके तूणीर में थे। एक भी तीर उस प्रकार का नहीं था जैसा अर्जुन के पास था और जिसे मारकर उसने धरती से पानी निकालकर मृत्युशय्या पर लेटे हुए प्यास से पीड़ित भीष्म पितामह को निहाल कर दिया था।

यह तो ऐसा कुकृत्य था कि जिसके प्रायश्चित्त के लिए चिता में जिन्दा प्रवेश करना चाहिए। श्रीप्रकाश की कुछ समझ में नहीं आया। क्या मनुष्य कभी ऐसी अजीब उलझन में फंसता है? श्रीप्रकाश को ऐसा लगा कि वे मर रहे हैं, इसलिए उन्होंने हाथ पसार कर कहा—पा...नी!

यद्यपि इस आर्त अनुरोध के स्वीकृत होने की कोई आशा नहीं थी। कहने के साथ ही उनकी आंखें कुछ उलट-सी गईं, यहां तक कि मृदुला उठी और उसने जल्दी से पानी लाकर पति को पिलाया।

श्रीप्रकाश कुछ संभले। जिजीविषा ने अंगड़ाई लेकर ज़ोर मारा, बोले—तुम्हारे सामने सारी बातें रखता हूं...। कहकर वे अपने स्वप्नों का पूरा वृत्तान्त बता गए, स्वामी शुद्धानन्द और उनके चेले की बात भी बताई। मृदुला सुनती रही, सुनती रही, पर उसके चट्टान बनकर तपते हुए मन पर इन फुहारों का कोई असर नहीं पड़ा। जो पानी पड़ता गया, वह भाप बनकर उड़ता गया, जिसका चट्टान को कुछ पता ही

नहीं लगा।

सब कुछ सुनकर वह बड़े निष्करुण भाव से बोली—ईसा की मां के अलावा और कोई ऐसे गर्भवती नहीं हुई थी, जैसे तुम बता रहे हो। ईसा की मांवाली कहानी जान-बूझकर इसलिए बनाई गई है कि भक्त का मन कुछ भी विश्वास करने के लिए तैयार हो, तभी वह सच्चा धार्मिक हो सकता है—यह तो तुम्हीं कहा करते हो। यह स्वप्न केवल 'ऐंग्जाइटी ड्रीम' है, तुम्हें जो डर था, उसीका प्रकाश इन स्वप्नों में हुआ था। गधी से यह सूचित होता है कि तुम उसे निम्नकोटि की स्त्री मानते रहे, पर इन बातों से असली बात पर पर्दा नहीं पड़ सकता। तुम व्यर्थ में ऐसी बेतुकी बातें कह रहे हो। मैं ईसाई नहीं हूं कि निगल जाऊं इतनी बड़ी मक्खी...

एक गिलास पानी से कुछ नहीं हुआ। उत्तेजित, बल्कि अवसाद ग्रस्त स्नायु और पानी मांग रहे थे। सारी पद्धति पानी मांग रही थी। इसलिए श्रीप्रकाश बाबू उठे और उन्होंने स्वयं सुराही से पानी निकाला और एक गिलास तो सुराही के सामने ही खड़े-खड़े पी गए और दूसरा गिलास भरकर अपने साथ लेते आए। वर्षों के दौरान यह शायद पहली बार थी, जब श्रीप्रकाश ने स्वयं सुराही से पानी पिया था, अपने घर के अन्दर। होटलों की बात और है। श्रीप्रकाश ने कनखी से मृदुला को देखा तो वह पत्थर का बुत बनकर बैठी थी। बड़ा दुःख हुआ कि ममता का यह मोम एकाएक पत्थर का बेरहम बुत कैसे बन गया। पर यह सब सोचने का मौका नहीं था। प्रश्न तो यह था कि सरला को गर्भ कैसे रह गया? किस निष्ठुर तरीके से मृदुला ने कहा कि ईसा की मां के अलावा कोई और स्त्री ऐसे गर्भवती नहीं हुई थी।...

श्रीप्रकाश ने तिनके का सहारा लेते हुए भी वह बात कह डाली जो वे नींद में उठकर चलने और सरला के पास जाने के सम्बन्ध में सोच रहे थे पर इसका भी मृदुला पर कोई असर नहीं हुआ। वह उसी प्रकार प्रस्तर-मूर्ति—विसूवियस बनी रही और लावा उगलती हुई बोली—

तुम विद्वान हो, सब तरह के बहाने अपनी निहाई पर गढ़ सकते हो, पर इससे काम नहीं चलेगा। सच्ची बात बता दो। पर बताने से भी क्या काम चलेगा।—कहकर पत्थर का बुत एकाएक हिल उठा और वह फफक-फफककर रोने लगा।

मृदुला निराशा से बिखरकर बोली—चाहे जैसे हुआ हो, मेरी सोने की गृहस्थी तो उजड़ गई। अब इस बगिया में कभी फूल नहीं खिलेंगे। लड़का है, नहीं तो मैं इसी क्षण जमुना में जाकर डूब मरती। पर ऐसे भी कैसे रहूंगी? तुमने यह क्या किया? करने से पहले मुझे मार क्यों नहीं डाला? तुम और सरला मिलकर मुझे मार डालते, तो किसीको कानोंकान खबर भी नहीं होती। मुझे जलाने के लिए ज़िन्दा क्यों रखा?

श्रीप्रकाश घटनाओं की भीड़ में इतना घबड़ा गए थे कि वे कुछ सोच नहीं सके कि क्या किया जाए। सामने रोती-कलपती हुई मृदुला थी, जिसने ज़िन्दगी में कभी उनसे कोई शिकायत नहीं की थी। प्रेम आने ही वाला था। पता नहीं सरला कहीं खड़ी होकर सुन रही थी या नहीं। 'मेरी जान में तो मैंने कुछ नहीं किया, पर सरला को तो असलियत का पता होगा। क्या उसने मेरा नाम लिया है?' श्रीप्रकाश ने पूछा—सरला से तो असलियत छिपी नहीं है, क्या उसने मेरा नाम ले लिया है?

मृदुला ने कहा—मैंने उसे देखकर पूछा कि तुम गर्भवती हो, तो उसने कहा, हां। फिर मैंने उससे कुछ पूछा ही नहीं। पूछना ही क्या था। वह कभी घर के बाहर नहीं जाती, न दिन में न रात में, इसलिए पूछने की ज़रूरत नहीं थी।

—मैं भी तो तुम्हारी आंखों के सामने रहता हूं।

मृदुला ने इसका कोई उत्तर नहीं दिया, ज़हर से बुझे कटाक्ष से बोली—तो जिन आ गया होगा।

अब श्रीप्रकाश बाबू को करीब-करीब विश्वास हो चला था कि नींद में उठकर वही इस खुराफात के लिए ज़िम्मेदार हैं। फिर भी आशा की

अन्तिम किरण के लालच में उन्होंने कहा—सरला से एक दफे पूछ तो लिया जाए।

मृदुला पूछना नहीं चाहती थी, क्योंकि सत्य तो स्वयं प्रकाशमान था। उस सम्बन्ध में सन्देह की कोई गुंजाइश नहीं थी। रहानींद में उठकर सरला के पास जाने की बात, सो यह निरा ढोंग था, पढ़े-लिखे आदमी के द्वारा प्रवंचना के लिए प्रस्तुत कपोल-कल्पना-मात्र थी। बोली—बात सच भी होगी तो भी वह तुम्हें बचाएगी।

श्रीप्रकाश इतनी देर तक पत्नी द्वारा लगाए हुए सारे लांछनों को चुपचाप ओढ़ते जा रहे थे, यों तो वे कभी नहीं दबते, पर स्वप्नों ने उन्हें मजबूर कर दिया था, मन दुर्बल पड़ गया था, फिर भी अब की बार वे सहन नहीं कर सके, बोले—आखिर वह जो कुछ कहेगी, उसकी जांच की जा सकती है। यदि मैं दोषी हूं, तो मुझे ही डूब मरना चाहिए, तुम्हें नहीं।

कहकर वे उठे और सरला-सरला करके चिल्लाकर बुलाया, तो सरला दबकती हुई सामने आई। देखते ही पता लग गया कि वह रोती रही है। अभी श्रीप्रकाश कुछ पूछ नहीं पाए थे कि प्रेम कालेज से आ गया और तीनों को एक साथ गम्भीर मुद्रा में देखकर वह भी गम्भीर और शायद कुछ हद तक रुआंसा हो गया। मृदुला ने स्नेह के साथ उसकी तरफ देखा, दुगने स्नेह से, क्योंकि अब पति के प्रति प्रेम भी उसीकी दिशा में पिघलकर प्रवाहित हो रहा था। वह उठ खड़ी हुई और सरला को भी इशारा किया कि तुम चली चलो। यद्यपि श्रीप्रकाश बुलाए नहीं गए थे, वे भी धीरे-धीरे पीछे चले और सब लोग खाने के कमरे में पहुंचे।

प्रेम हाथ-मुंह धोकर आया और उसके सामने यथेष्ट नाश्ता (जो भोजन से किसी कदर कम नहीं था) रखा गया। केवल सरला खड़ी रही, मृदुला ने नितान्त अनिच्छा से, जिस प्रकार से अवांछनीय अतिथि के सामने रखा जाता है, श्रीप्रकाश के सामने दो केले और अंगूर के कुछ गिने-चुने पर साफ दाने रख दिए। बाबू श्रीप्रकाश ने पहले तो सोचा कि

न खाऊं, पर ब्रेक की अवज्ञा करते हुए तब तक हाथ फलों की तरफ बढ़ चुका था और वे बुभुक्षित व्यक्ति की तरह एक ही सांस में सब कुछ चट कर गए। सवेरे से उस शिकंजबी के गिलास के अतिरिक्त, जिसमें चीनी बहुत कम थी और नींबू नाममात्र का था, उन्होंने कुछ नहीं लिया था इसलिए जो थोड़ा-बहुत कोयला-पानी अब मिला, उससे न केवल उनके शरीर में स्फूर्ति आ गई बल्कि मन भी अब उतना कमज़ोर नहीं रहा। अब वे एक सत्यान्वेषी की तरह नहीं, बल्कि वकील की तरह अपना मुकदमा लड़ने के लिए उद्यत थे, भले ही मुकदमे में सत्य अपने विरुद्ध पड़ता हो। इतना तो निर्विवाद था कि यदि कुछ किया भी हो, तो अपनी जान में नहीं किया, फिर भला कोई दोषी कैसे हो सकता? ऐसी अवस्था में यदि रोगी के हाथों (हां, उसे रोगी ही कहेंगे) हत्या भी हो जाए, तो उसे दोषी नहीं माना जाता, फिर पत्नी की अदालत ऐसी क्या भयंकर है कि यहां सत्य की भी सुनवाई नहीं होगी? मान लो सरला यह भी कहे कि हां मैं उसके पास रात को जाता था, तो वह यह तो बता सकती है कि मेरी उस समय क्या हालत होती थी। पर प्रश्न केवल पत्नी के सामने अपने को निर्दोष साबित करने का नहीं था बल्कि प्रश्न तो यह था कि उस बच्चे का क्या हो। यहीं पर आकर वकील की जीभ लड़खड़ाती है और ऊंट की कमर टूटती है।

इस समय प्रेम न आता तो अच्छा था। पर इसे किसी बहाने से भेज दिया जाए और जान तो लिया जाए कि कौन कितने गहरे पानी में है। यह लड़का इतनी देर करके क्यों खा रहा है, मैं तो बात की बात में सब कुछ चट कर गया, पर यह थोड़े-से अंगूर, केले और बिस्कुट खाने में इतनी देर क्यों लगा रहा है? बीच-बीच में वह बारी-बारी से सबको घूर क्यों रहा है? उसकी आंखों में काहे का डर समाया हुआ है? क्या वह मुझसे डर रहा है कि मैं बहुत बुरा आदमी हूं और एक ही मेज़ पर बैठा हुआ हूं और उसका बाप हूं।

श्रीप्रकाश का दिल धक से हुआ। मन का वकील कमजोर पड़ने लगा और आखों के सामने एक अंधेरा छाने लगा, जिसका कोई ओर-छोर नहीं रह गया था। पर जो कुछ भी होना है हो जाए, देर की ज़रूरत नहीं है। मृदुला ने यदि इस लड़के से मेरे विरुद्ध कुछ कहा भी है, तो अब भी घर का मालिक तो मैं ही हूं। मैं इसे कोई दवा लाने भेजूं कि जाओ, कनाट प्लेस से फलानी दवा ले आओ, तो यह इन्कार तो नहीं कर सकता। यदि मृदुला ने इस लड़के को मेरे विरुद्ध कुछ बताया है, तो बहुत बुरा किया है। आखिर मुझे कुछ कहने-सुनने का मौका तो देती।

प्रेम एक-एक करके अंगूर खा रहा था और बीच-बीच में बिस्कुटों को थोड़ा-थोड़ा काट लेता था, जैसे उनपर रहम कर रहा हो। वह बराबर सबको बारी-बारी से आंखों से पढ़ रहा था। श्रीप्रकाश ने एक बात और देखी कि मृदुला लड़के का सारा काम खुद कर रही थी, सरला केवल खड़ी थी और चंकि उससे कोई काम नहीं लिया जा रहा था, इसलिए उसकी स्थिति बड़ी अजीब थी। एक बार श्रीप्रकाश के मन में हुआ कि केवल इसपर रहम करने के लिए इससे कुछ मांगा जाए, पर पत्नी पर इसकी क्या प्रतिक्रिया होगी, होगी बुरी ही प्रतिक्रिया, यह सन्देह कर वे चुपचाप अडिग बैठे रहे। जब उन्होंने इतनी जल्दी फल खा लिए थे, तो उचित तो यही था कि मृदुला उन्हें कुछ और फल देती, पर मृदुला ने इस बीच प्रेम को तो कई बार पूछा, पर पति को एक भी बार नहीं पूछा।

प्रेम ने जब एक प्याला ओवल्टीन से अपना विलम्बित नाश्ता समाप्त किया तो श्रीप्रकाश ने मृदुला से कहा—क्यों न प्रेम को कनाट प्लेस भेजकर मेरी दवा मंगवा ली जाए। उसका घूमना भी हो जाएगा और सेन के यहां से दवा भी आ जाएगी। आजकल हर दुकानदार से दवा नहीं ली जा सकती।

पर मृदुला ने इस षड्यन्त्र में सहयोग करने से इन्कार करते हुए कहा—कौन-सी दवा? तुमने तो कभी किसी दवा की बात नहीं कही।

यह तो एक तरह से बेटे के सामने बाप को हास्यास्पद बनाना था। श्रीप्रकाश को बहुत बुरा लगा कि एक तो यह मेरा विश्वास नहीं कर रही है कि मैं कम से कम अपने जान में दोषी नहीं हैं और दूसरी तरफ यह सत्य को टटोलने-खखोलने, सामने लाने नहीं देती, इसने एक सिद्धान्त बना लिया है और अब उसे जांच की अग्नि-परीक्षा में से गुज़रने नहीं देती, बोले—प्रेम, ये पैसे लो और मेरे लिए 'सेलिन' की पचास गोलियां ले आओ।

प्रेम उठ खड़ा हुआ, पर मृदुला बोली—सेलिन की बीस गोलियां घर में पड़ी हैं, पहले उन्हें खा लो। फिर फोन करवाकर मंगवा लूंगी। आजकल उनकी होमडिलेवरी सेवा बराबर बहुत अच्छी तरह काम कर रही है।

बात खत्म हो गई। आगे कुछ करना माने सीधे-सीधे लड़ना था और श्रीप्रकाश अपने को लड़ने की मनोदशा में नहीं पा रहे थे, क्योंकि अपने जान में किया, या अनजान में किया, दोष तो हो ही गया और बच्चे की समस्या तो सुलझानी ही है। ब्रह्मचारी ने जिस प्रकार के सुलझाव का इंगित किया, वह बिल्कुल पसन्द नहीं है। आखिर अपना ही बच्चा है। श्रीप्रकाश ने ध्यान से एक बार सरला को देखा फिर उसके पेट की तरफ देखा और यह समझ में नहीं आया कि जब तक यहां घर में प्रेम मौजूद है, तो सारे मामलों का स्पष्टीकरण कैसे होगा।

जब यह जिचवाली स्थिति बन चुकी थी, तब एकाएक प्रेम ही बोल पड़ा-आज विश्वविद्यालय में मैच है और मुझे अभी वहां जाना है। हमारे कालेज और रामजस कालेज में फुटबाल का मैच है। मुझे तथा अन्य छात्रों को खिलाड़ियों की बकअप करने के लिए खेल के समय रहना पड़ेगा।

इसपर सरला ने अप्रत्याशित रूप से कहा—तुम्हें तो परीक्षा के लिए तैयारी करनी है, तुम घर पर रहो। कहीं मत जाओ।

बाबू श्रीप्रकाश को बड़ा आश्चर्य हुना कि सरला ने इस प्रकार मां और बाप की मौजूदगी में प्रेम को हुक्म कैसे दिया। अजीब बातें हो रही थीं।

मृदुला ने इसका यह अर्थ लगाया कि यह सत्य को सामने आने नहीं देना चाहती और शायद यह आशा कर रही है कि वह श्रीप्रकाश के ऐब को छिपा रही है, इसलिए श्रीप्रकाश उसका साथ देंगे। इसमें मृदुला को एक षड्यन्त्र की बू आई और उसने फौरन ही कहा—नहीं प्रेम, जब तुम्हारे कालेज की तरफ से तुम्हें बुलाया गया है तो तुम ज़रूर जानो।

पर सरला एकदम से मृदुला के पैरों पर गिर पड़ी, बोलीआप इसे जाने न दीजिए। यह कुछ कर डालेगा तो अनर्थ हो जाएगा।

यदि श्रीप्रकाश और मृदुला में इस समय अच्छे सम्बन्ध होते तो वे दोनों एक-दूसरे से पूर्ण दृष्टि-विनिमय करते, पर जैसी स्थिति थी, इसमें केवल यंत्रचालित की तरह एक-दूसरे की तरफ आंखों की एक जुम्बिश मात्र हुई और वे चित्रलिखे-से रह गए।श्रीप्रकाश ने समझा कि पिता की दुश्चरित्रता के कारण प्रेम लज्जित है और इसलिए वह जान दे देना चाहता है। मृदुला को आश्चर्य हुआ कि मैंने तो कुछ कहा नहीं, प्रेम को सब मालूम कैसे हो गया। प्रेम ने यह सब सरला से ही मालूम किया होगा। सरला पर क्रोध आया कि उसने न कहनेवाली बात प्रेम से क्यों कही? पर अगले ही क्षण वह समझ और संभल गई कि जब सभी कुछ में गड़बड़झाला है, तो फिर दिखावे का पलस्तर कहां तक कायम रहे? वह तो उखड़कर ईंटोंवाले दांत दिखाएगा ही। कुछ भी हो, प्रेम कुछ कर डाल सकता है, इस चिन्ता से वह डरी। पति तो फुर्र हो ही गया था, अब पुत्र भी निकल जाए, यह असह्य था, बोली—अच्छा प्रेम, तुम कमरे में पढ़ो। तुम कहीं जाओ मत।

प्रेम बिना कुछ प्रतिवाद किए अपने कमरे में चला गया। अब समस्या थी कि बात कैसे हो। मृदुला ने ही इसका समाधान किया, बोली—हम लोग यहीं रहें और धीरे-धीरे बातचीत करें।

सरला ने मेज़ पर से सारी चीज़ें उठा लीं और उसे साफ करके एक तरफ को खड़ी हो गई। बाबू श्रीप्रकाश घबरा रहे थे कि अब वह शुन्यवाली घड़ी आ गई, जब सरला बताएगी कि किस प्रकार क्या होता

रहा। उन्हें खुद तो कुछ याद नहीं था। मन में बहुत डुबकियां लगाई, बहुत याद करने की कोशिश की, पर हाथ कुछ भी नहीं लगा, न रत्न न हलाहल, चारों तरफ केवल अन्धकार की मोटी परतें आ आकर आंख पर बैठती थीं और वे छूंछें हाथ ही ऊपर आए। फिर भी सरला गर्भवती थी, मृदुला बिलकुल गैर बन चुकी थी, लड़का आत्महत्या करने पर उतारू था, ये सारी वास्तविकताएं शरशय्या की तरह शरीर में चुभ रही थीं। हाय-हाय! क्या हो गया? इससे तो जीवन का अन्त हो जाता तो अच्छा रहता या स्वामी शुद्धानन्द (नाम तो अशुद्धानन्द होना चाहिए) के आश्रम में रह जाते और खो जाते।

मृदुला ने इशारे से सरला को अपने पास बुलाया, बोली—अब सच-सच बतायो कि क्या मामला है?

सरला आंखों में आंसू भरकर बोली—साहब का कोई दोष नहीं है, दोष मेरा ही है।

मृदुला को बड़ा क्रोध आया, बोली—दोष तुम्हारा भी है और दोष इनका भी है। तुम्हारा दोष यह है कि तुमने मेरे साथ धोखा किया। मैं बालविधवा जानकर तुम्हें ले आई कि मज़े में तुम्हारी ज़िन्दगी कटेगी, पर तुमने मेरे साथ ही धोखा किया।

सरला बोली—मैं अपना दोष तो मान चुकी हूं पर साहब का कोई दोष नहीं है।

इसपर मृदुला उठ खड़ी हुई, बोली—दोष तुम्हारा है न इनका है, दोष मेरा है। इसलिए मैं जाती हूं जमना में अपनी सारी ज्वालाओं को बुझाने।—कहकर वह रोते-रोते बाहर की ओर चली, देखा। कि प्रेम दबे पांव बाहर जा रहा है तो मृदुला ने एकाएक आंसू पोंछ लिए और बोली—तू कहां जा रहा है? ठहर जा। ऐसे कमजोर पड़ने से काम थोड़े ही चलता है। अपने बाबूजी को और सरला को इस घर में रहने दे, हम दोनों जाते हैं। मैं और कुछ सोच रही थी, पर अब तेरे लिए मुझे जीना है।

हमारे भाई तुझे और मुझे रोटी देंगे। मैं कोई छोटी-मोटी नौकरी भी कर लूंगी। टीचर तो बन ही सकती हूं...

श्रीप्रकाश को लगा कि आंखों के सामने घर फुंक रहा है और वे टुकुर-टुकुर तमाशा देख रहे हैं। तमाशा ही देख सकते हैं कुछ कर नहीं सकते। शायद इसी अर्थ में कहा गया है कि रोम जल रहा था और नीरो बैठकर बांसुरी बजा रहा था। श्रीप्रकाश को ऐसा लगा कि उनके कई तन्तु एकसाथ पड़पड़ा कर टूट गए और कार्य तथा कारण के बीच की पाइप लाइन फट गई। और उससे पैट्रोल निकलकर गृहस्थी को, तन्तुओं को एक विराट चिता बनाकर जला रहा था। वे मृदुला के सामने जाकर खड़े हो गए और उसका रास्ता रोकते हुए बोले—मृदुला, मैं सच कहता हूं, मैंने कुछ नहीं किया और यदि किया तो अपने अनजान में किया। तुम जा रही हो तो जाओ, पर मुझे यह बताती तो जाओ कि क्या रोगी भी अपराधी होता है।

मृदुला ने बाईं तरफ छटककर जाने की चेष्टा करते हुए कहातुम रोगी नहीं हो। तुमने अपने दोष पर पर्दा डालने के लिए पुस्तकों से इस सुविधाजनक रोग का आविष्कार किया। जाओ...रा...स्ता छोड़ो, मुझे न छुओ।

सरला ने भी मृदुला का रास्ता रोक लिया, बोली—साहब का कोई दोष नहीं है।

इसपर मृदुला ने झटका देकर सरला को हटा दिया। अपनी जान में उसने केवल झटका ही दिया था, पर साथ ही उसने दो-तीन धौल भी जमा दिए थे, कुहनी से। सरला एक तरफ को जा गिरी, फिर भी बोली—मैं कहती हूं, माईजी, तुम गलती पर हो। साहब का कोई दोष नहीं है। वह कभी मेरे पास नहीं आए, उन्होंने कभी आंख उठाकर मुझे देखा तक नहीं।

इसपर मृदुला ने बिलकुल मृगीरोगग्रस्ताकी तरह दांत किटकिटाकर और हाथ पटककर कहा—इसके माने यह हुए कि तू कुमारी मरियम है,

ईसा की मां। हरामज़ादी, कुलबोरनी...

सरला फिर भी बोली—साहब देवता हैं, दोषी मैं हूं। मांजी, तुम गलती कर रही हो।

पर प्रेम ने जाने का कोई उत्साह नहीं दिखाया। जब मृदुला ने उसका हाथ जोर से पकड़ लिया और आगे बढ़ने लगी तो उसने मुंह से तो कुछ नहीं कहा, पर उसका हाथ जो मां के हाथ में था, प्रतिरोध कर रहा था और एक सन्देश दे रहा था, जिसका अर्थ मृदुला समझ नहीं सकी। वह उस सन्देश की अवज्ञा करती हुई बोली—चलो, अब इस घर में ईसा, मूसा ही रहेंगे, हम लोगों का कोई काम नहीं।

प्रतिरोध फिर भी शिथिल नहीं हुआ। मृदुला बोली—क्या तू चलना नहीं चाहता? इस महकते हुए नरक में पड़ा-पड़ा रेंगेगा? रोटी की चिन्ता मत कर, तेरे मामा तुझे रोटी देंगे। मैं तुझे रोटी दूंगी।

इसके उत्तर में प्रेम की आंखों में आंसू की बूंदें उमड़ आईं। मृदुला किंकर्तव्यविमूढ़ होकर बेटे को देखती रही, बोली—समझ गई, तू बाप के प्रेम में अंधा है। मां की इज़्ज़त और आबरू से तुझे कोई मतलब नहीं है। आखिर तू भी तो पुरुष है न, सोचता होगा कि तेरे बाप ने जो कुछ किया ठीक किया। तुझे मां के अपमान की कोई चिन्ता नहीं।

सरला दूर से आती हुई गूंजनेवाली प्रतिध्वनि की तरह बोली—साहब दोषी नहीं हैं, मैं दोषी हूं...

मृदुला को इसपर बहुत क्रोध आया और अब की बार क्रोध का उठता झाग केवल व्यग्य की चौखट में समा न सका, वह छलांगसी भरकर सरला पर जा गिरी और उसे थप्पड़, तमाचे, घूसे मारती रही। यहां तक कि वह थक गई और थककर बैठ गई। बाप-बेटा दोनों हारे-हारे-से इस दृश्य को देखते रहे। कोई भी बीच में नहीं पड़ा। भाग्य जैसे बिना किसी बाधा के अपनी पटरी पर धड़धड़ाकर आगे निकल गया।

जब मृदुला थककर अलग हो गई, तब भी सरला ने कहा—साहब दोषी नहीं हैं, इससे आगे न पूछो।

मृदुला थक चुकी थी और यह चाहती नहीं थी कि कुछ कहे या करे, इतने में फिर जो सुना कि साहब दोषी नहीं है, तो वह फिर उठ खड़ी हुई और बंडल-सी बनकर बैठी हुई अस्त-व्यस्त सरला से बोली—दोषी तू तो है ही, हज़ार बार दोषी है, पर तेरे साथसाथ वे भी तो दोषी हैं। तू क्यों उन्हें बचा रही है?

—मैं बचा नहीं रही हूं, सच बोल रही हूं।

—तो क्या तू कहीं बाहर जाती थी?

—यही समझो।

—समझो नहीं, सच बता।—कहकर वह फिर मारने को हुई, तब प्रेम ने मां को खींच लिया और एकाएक बोला—दोषी मैं हैं।

क्रोध और जोश की अतिशयता के कारण मृदुला अपने बेटे के अस्तित्व को भूल गई थी या उसके अस्तित्व को देखकर भी उससे जो नतीजे निकालने चाहिएं, उन्हें निकालने की स्थिति में नहीं रह गई थी। वह हक्का-बक्का होकर बोली—तू क्या जानता है इन मामलों को, जा अपने कमरे में बैठ। तू भी बिना समझे बाप की तरफदारी कर रहा है।

एक अजीब परिस्थिति पैदा हो गई। सरला ने सोचा कि जहां तक उसका सम्बन्ध है, अब स्थिति और बिगड़ गई है। सभी दृष्टियों से। अब यह लड़का अवश्य आत्महत्या कर लेगा। बस, मौका मिलने की देर है। इधर मांजी मान नहीं रही हैं, बाबूजी पर बुरी तरह बरस रही हैं। सरला चौंधिया गई। फिर भी वह समझ गई कि उसीको अब आगे बढ़कर कोई कदम उठाना है। अब नौकाडूबी तो हो ही चुकी है। शायद ही इस आफत से कुछ बचे। फिर भी जिस तख्ते पर लोग खड़े हैं, वह जब तक पानी पर है, तब तक डगमगाते हुए पैरों से कुछ करना ही है। उसने मृदुला को हाथ पकड़ कर खाने के कमरे में खींच लिया और श्रीप्रकाश

से बोली—बाबूजी, आप प्रेम को लेकर उस कमरे में बैठे, उसे कहीं जाने न दें।

यों मृदुला इस प्रकार सरला द्वारा हाथ पकड़कर खींचा जाना पसन्द न करती, पर उसके इस खींचने में कुछ ऐसी व्याकुलता और साथ ही प्रार्थना थी कि उसने कुछ नहीं कहा। विशेषकर बार-बार आत्महत्या शब्द की, और सो भी अपने बेटे के सिलसिले में, पुनरावृत्ति सुनकर उसे लगा कि जैसा वह सोच रही है, शायद घटनाएं उसी ढर्रे पर न चली जाएं। इससे कुछ खुशी हुई, जैसे डूबते हुए को तिनका देखकर होती होगी। पर साथ ही बेटे की आत्महत्या कैसी? कुछ ऐसी अनुभूति हुई जैसे तवे पर से तो निकल गई, पर चूल्हे में जा रही है।

श्रीप्रकाश प्रेम के साथ दूसरे कमरे में चले गए थे।

मृदुला ने झटके से यह प्रश्न दे मारा—जल्दी कहो क्या बात है? तुम्हारी बात समझ में नहीं आती। आत्महत्या कैसी?

तब सरला ने धीरे-धीरे कुछ रोते-बिलखते और कुछ आंसू पोंछते जो बातें कहीं, उनका सार यही था कि उसीने धीरे-धीरे छोटे बाबू यानी प्रेम को अपनी ओर शारीरिक रूप से प्राकर्षित किया। पहले तो दर्द का बहाना करके अपनी छाती दबवाती रही फिर धीरे-धीरे...

आगे वह बता न सकी और रोती रही, रोती रही, रोती रही। यह कहानी ऐसी अजीब थी कि सुनकर मृदुला कुछ देर तो त्रिशंकु की तरह 'न ययौ न तस्थौ' स्थिति में रही, जैसे घड़ी का टन-टन तो सुन पा रही हो पर उन्हें जोड़कर यह उपसंहार निकालने में असमर्थ हो कि कितने बजे। उसने सरला के रोने को कोई महत्त्व नहीं दिया, यद्यपि वह समझ रही थी कि ये आंसू ईमानदारी के सोते से निकले हुए थे, पर ईमानदारी लेकर वह क्या करती, जबकि ईमानदारी घर के जलने को रोक नहीं सकती। पति पर से लांछन का लबादा उतर गया, पर वह जाकर एक ऐसे मासूम बच्चे पर जोंक की तरह चिपट गया जिसे वह दुधमुंहा और दूध का धुला समझ

रही थी कि उसके सामने कोई ऐसी-वैसी बात भी नहीं करनी चाहिए। और मज़े की बात यह रही कि इस रहस्य के खुल जाने के बाद भी वह अब भी उसे दुधमुंहा और दूध के धुले के अलावा कुछ नहीं समझ पा रही थी।

सरला पर अभी एक क्षण पहले तक जितना ज्वालामय द्वेष महसूस हो रहा था, वह भी जाता रहा था। इसीने लड़के को पथभ्रष्ट किया, फिर भी उसके गर्भ में अपने ही वंश की एक किरण मौजूद है, यह सोचकर या शायद इसे इस रूप में बिना सोचे ही उसके प्रति क्षमा की एक भावना धीरे-धीरे सिर उठा रही थी। शायद यह सारी क्षमा उस पृष्ठभूमि के कारण थी कि अब पति के सिर पर की वह तलवार हट गई थी। अपना रक्षक तो सही-सलामत है फिर चाहे कितनी बड़ी विपत्ति का पहाड़ टूट पड़े, वह उस पहाड़ को कृष्ण ने जैसे छिगुनी से गोवर्धन गिरि को उठा लिया था, उस तरह से वह उठा लेगी और फिर एक बार जीवन का सूर्य जगमगाएगा, मुस्कराएगा। मृदुला बोली—तू काम कर। मैं उस कमरे में जाती हूं।

मृदुला ने जाकर देखा कि बाप-बेटा अलग-अलग कुर्सियों पर बैठे हैं। एक-दुसरे से बचने के लिए दोनों ने एक-एक पुस्तक पकड़ रखी थी, कवच के रूप में। मृदुला को पहले तो इच्छा हुई कि पति के पैरों पर गिर पड़े और तब तक सिर रगड़े, जब तक कि पैर अपने सिर के लहू से लाल न हो जाएं, पर प्रेम को देखकर वह सारी बात भूल गई। उसने जाकर उसके सिर पर हाथ रखा और बोली—बात ठीक है?...

प्रेम ने सिर नीचा कर लिया, कहा—ठीक है।

श्रीप्रकाश समझ नहीं पाए कि क्या ठीक है और वे मन ही मन घबड़ा रहे थे कि पता नहीं नींद में चलते समय शायद इसने भी देख लिया हो, उसी बात को पूछ रही हो। वे अक्षरों को जोड़कर पुस्तक

पढ़ते रहे।

मां ने कई बार बेटे के सिर पर हाथ फेरा और अत्यन्त स्नेह से बोली—बेटे, मां को वचन दो कि तुम अपनी कोई हानि नहीं करोगे?

प्रेम रोने लगा और उसने अपना सिर मां के प्रांचल में छिपा लिया। मां ने सिर पर हाथ फेरते-फेरते कहा—वचन दे दो, मुझे बहुत काम करना है।

—वचन देता हूं...

—अच्छा, अब तुम ऐसे मन से मैच देखने चले जाओ, मानो सरला नाम का कोई जीव कभी रहा ही न हो और तुम राजा बेटा हो।

श्रीप्रकाश बैठे-बैठे पुस्तक हाथ में लिए हुए यह समझ ही नहीं पा रहे थे कि किस संसार की बातचीत हो रही है, इसमें कारण से पहले कार्य होता जा रहा था, बल्कि कार्य-कारण दो अलग वर्ग दिखाई ही नहीं पड़ रहे थे। सब घुलमिल गया था, पथ और पथचारी। बिजली की कुछ लकीरें नाच रही थीं।

मां प्रेम के सिर पर हाथ फेर रही थी, फिर उसके आसू पोंछ दिए, उसका मुंह चूमा जैसे वह कोई बच्चा हो, फिर कहा—जाओ,। मैच देखने जाओ।

प्रेम उठकर चला गया। जाते समय उसने पिता से आंखें नहीं मिलाईं। कमरे से निकल उसने किसी तरह नहीं देखा और सीधे बाहर चला गया। जब प्रेम चला गया तो मृदुला पहले से अधिक घबड़ाए हुए श्रीप्रकाश बाबू के पास आई और उनके पैरों पर गिर पड़ी और बोली—मैं महापापिनी हूं, मुझे तुम क्षमा कर दो।—कहकर उसने कसकर पति के पैर पकड़ लिए।

श्रीप्रकाश समझ गए कि स्थिति उतनी खराब नहीं है जितनी वे समझ रहे थे, बोले—साबित हो गया न कि मैंने जो कुछ किया नींद में किया, इसलिए मेरा कोई दोष नहीं है?

तब मृदुला उठ खड़ी हुई और उसने धीरे-धीरे पति को पूरी बात

बताई। उसके बाद वह फिर बोली—मुझे तुम क्षमा कर दो, फिर यह बताओ कि कैसे क्या हो?–कहकर ही वह उत्तर की प्रतीक्षा किए बिना बाहर चली गई जैसे कोई बात एकाएक याद आ गई हो। जाते समय बोल गई-मैं एक बात तो भूल ही गई थी...

श्रीप्रकाश पीछे-पीछे चले। यद्यपि वे समझ गए कि उनपर से विपत्ति के बादल टल गए हैं, पर कैसे क्या हुआ, वह इतना अस्पष्ट और अकल्पनीय था कि कोई साफ धारणा नहीं बन सकी। भीतर से खुशी की एक लौ बल उठी, पर साथ ही हवा का कोई बहुत ही जिद्दी झोंका भी तमाचे मार रहा था, जो उस लौ को गुल करके वातावरण पर अंधकार का लबादा फिर उढ़ा देना चाहता था। झोंका इतना तेज़ था कि विचार बिलकुल गंदले पड़ गए थे, तंतु अपना काम नहीं कर रहे थे। बस, इतना ही लग रहा था कि अब वे थोड़े ही क्षण पहले की तरह एकाकी, बिल्कुल एकाकी नहीं रह गए थे, अब लहरों के जो भी थपेड़े पड़ेंगे या पड़ रहे थे, उनका वे मृदुला के साथ सामना कर सकते थे। यह एक बहुत बड़ी उपलब्धि थी जैसे जिसका बहुत-सा खून चला गया हो, बोतल से उनकी नसों में नया खून डाला गया हो, पर यह उपलब्धि केवल एक क्षण के लिए ही लगी। बस इतना पता लगा कि वे मृदुला के पीछे-पीछे चल रहे थे।

पर प्रेम?

आगे वे सोच नहीं सके, क्योंकि मृदुला अब सरला के सामने खड़ी थी और उसकी बोटियों को उस तरह से आंखों से तौल रही थी जैसे कसाई बकरे की खरीद के समय करता है। श्रीप्रकाश डरे कि अब फिर वही मारपीट, गाली-गुफ्तार का क्रम चलेगा, जो शायद उचित था, जिस प्रकार से अदालत से सजा पाए हुए अभियुक्त के गले में फंदा डालकर उसे फांसी के तख्ते पर चढ़ा देना उचित होता है, पर जिसमें कहीं कुछ खटकनेवाली बात भी होती है।

मृदुला सरला को घूरती रही, और अकस्मात् वह बोली—मैंने प्रेम

से तो प्रतिज्ञा करा ली कि वह अपने साथ कुछ न करे...

मृदुला आत्महत्या शब्द का उच्चारण नहीं करना चाहती थी, बोली—अब तुमसे प्रतिज्ञा कराने आई हूं कि तुम भी अपने साथ कुछ न करो...

श्रीप्रकाश ने देखा कि मृदुला की आंखों में अब प्रतिहिंसा की बजाय करुणा की अन्तर्धारा कौंध रही थी, यद्यपि बीच-बीच में कुछ और तत्त्व भी आ जाते थे। वह बोलती जा रही थी—तुम्हारे गर्भ में हमारे वंश का बालक है। मैं तुम्हारी रक्षा करूंगी, तुम घबड़ाओ मत। अपना काम करो। सोचकर बताऊंगी। किसीको कुछ मालूम न होने पाए।

सरला शायद करुणा के वृष्टिस्फोट के लिए तैयार नहीं थी। वह एकदम से छेड़े हुए ताश के घर की तरह बिखरकर गिर पड़ी। बाबू श्रीप्रकाश चाहते तो उसे बीच रास्ते में ही पकड़ ले सकते थे, पर अभी थोड़ी देर पहले तक सरला को लेकर उनपर जैसा कुछ बीता था, उससे सठियाई हुई उनकी स्नायु-पद्धति ने जल्दी काम नहीं किया। और वे खड़े के खड़े रह गए, पर मृदुला ने सरला को उठा लिया और उसे ले जाकर उसके कमरे के बिस्तरे में नहीं बल्कि बैठक के एक दीवान पर डाल दिया और फिर उपचार करके उसे होश में ले आई।

श्रीप्रकाश सारी बातों को इस प्रकार देख रहे थे जैसे सांख्यदर्शन का पुरुष प्रकृति की अठखेलियों को देखता है, पर स्वयं नपुंसक की तरह निष्क्रिय और निठल्ला रहता है। चिन्तन की क्रिया कुछकुछ शुरू हो गई थी, पर यह समझ में नहीं आ रहा था कि कैसे क्या होगा। वे अपने में सबसे अजीब बात यह पा रहे थे कि न तो बेटे पर क्रोध आ रहा था और न सरला पर किसी तरह के द्वेष की अनुभूति हो रही थी। हरिद्वार से लौटने के बाद वे गाली-गुफ्तार तथा लांछनों की बौछार की जिस रासायनिक प्रक्रिया के अन्दर से गजरे थे, उसके बाद वे उस प्रकार से हो गए थे, जैसे पोलिथिन की पारदर्शी पपड़ी के अन्दर पैठकर चॉकलेट भिनभिनाती

मक्खियों की तरफ देखकर मुस्कराता है और आंखें पसारकर चैन की नींद सोता है। समझ में नहीं आ रहा था। वह बड़ी बात नहीं थी। बड़ी बात यह थी कि सामाजिक परिप्रेक्ष्य का गज़ और साथ ही इन दोनों के कृत्यों को कूतकर लिखने की दर्ज़ीवाली पेंसिल, दोनों खो गए थे, तो फिर सही नाप की सज़ा या जज़ा का कोट कैसे सिलता?

जब सरला को अच्छी तरह होश आ गया और वह हड़बड़ाकर उठ बैठी, तो मृदुला ने उसे थोड़ा दूध दिया, फिर विटामिन की गोलियां दी और कहा—तुम यहीं लेटी रहो,जब तक कि मैं न लौटूं। मुझे बहुत कुछ सोचना है, बहुत-सी बातें तय करनी हैं।

बातें तय करनी हैं सुनकर श्रीप्रकाश की नम पड़ी हुई बुद्धि प्रदीप्त होकर जल उठी, पर उस भभक में परिस्थिति की तस्वीर की कोई स्पष्ट चौखट दिखाई नहीं पड़ी। मृदुला लौट पड़ी, तो उसके पीछेपीछे श्रीप्रकाश भी लौट पड़े।

जब यह मन्थन शुरू हुआ कि आगे क्या हो, तो श्रीप्रकाश घबड़ा गए, बस एक ही समाधान पेश कर सके और वह भी इस कारण कि चलते समय स्वामी शुद्धानन्द के चेले ने कुछ मंत्र दिया था। पर मृदुला ने इस परामर्श को निगलने से कतई इन्कार किया। बोली—इसके माने ये होंगे कि तुम्हारे साधु लोग सरला को कुछ दिन रखेंगे, फिर उसे बेच-बाच देंगे।

श्रीप्रकाश ने इसका प्रतिवाद नहीं किया क्योंकि उन्हें कुछ पता नहीं था, स्वामी शुद्धानन्द और उनके चेलों के मन की बात का। इतना तो समझ में आया था कि जब चेले ने उस प्रकार से कहा तो यह स्पष्ट है कि बहुत-से लोग ऐसी समस्या लेकर स्वामी शुद्धानन्द के पास पहुंचते होंगे और स्वामीजी या उनके चेले अपनी आध्यात्मिक शक्ति से नहीं, बल्कि किसी और ढंग की शारीरिक शक्ति से उसका समाधान भी करते होंगे। पर मृदुला बोली—और उस शिशु का क्या होगा?

शिशु शब्द में मृदुला का स्नेह इतनी अधिक मात्रा में आकर जमा हो

गया था, जैसे खून कहीं ज्यादा जमा हो जाता है, इतना कि श्रीप्रकाश को वह स्नेह का थक्का दिखाई पड़ गया। ठीक तो है; प्रेम दोषी नहीं है, भला अठारह साल का लड़का (उम्र उसकी एक साल ज्यादा थी कम करके दिखाई गई थी)क्या पाप कर सकता है?

मृदुला चुनौती के साथ बोली—गर्भस्थ शिशु का क्या होगा? मृदुला के लहजे से यह स्पष्ट था कि उसको कुछ होना नहीं चाहिए, पर? पर? पर? एक हज़ार पर?...

फिर उसका क्या होगा? कुछ समझ में नहीं पाया कि मृदुला के चिन्तन की धारा सिर पटकते हुए किस ढलान की ओर जाना चाहती है। जिधर भी देखो उधर रास्ते में रोड़े ही नहीं, सूर्य को आड़ किए हुए पहाड़ खड़े थे, जिन्हें लांघा नहीं जा सकता था। इतनी गहरी काली लगनेवाली खाइयां थीं, जिन्हें पाटा नहीं जा सकता। फिर इस करुणा की क्या सार्थकता है? स्वामी शुद्धानन्द और उसके चेले जैसा करेंगे, वैसा ही होगा। इसमें अपना क्या वश है? करुणा निष्प्रयोजन है, शायद इस प्रसंग का सही शब्द निष्प्रयोजन नहीं असम्भव है।

प्रेम मैच देखकर लौट आया। पहले ही मृदुला ने सरला से कह रखा था कि अब तुम इसके सामने न पड़ना। मां ने स्वयं उसके लिए खाना लगाया, सब काम किया और कह दिया—तुम जाकर बाबू के कमरे में उनके साथ सो जाओ।

मृदुला सरला को लेकर प्रेम के कमरे में सो गई। वह पलंग पर सोई और सरला नीचे लेटी। पर मृदुला ने उसके लिए एक चारपाई पलंग के पास डाल दी। सवेरे जब सब लोग उठे तो मृदुला ने पति से कहा—प्रेम को बोर्डिंग में रखवा दो।

फिर मां ने बेटे के सिर पर हाथ फेरा, बिना कुछ कहे बहुत बार हाथ फेरा। बेटे ने मां के पैर छुए और बापू के साथ चला गया। चारएक घण्टे जाने किस-किससे लड़-लड़ाकर कहां-कहां से सिफारिश करवाकर तब

श्रीप्रकाश उसे बोर्डिग में करा पाए, इसके बाद उसका सामान पहुंचाया।

यहां तक तो कार्यक्रम का चित्र स्पष्ट था, पर आगे धुंधलापन शुरू होता था। भविष्य किसी तरह फोकस में आ ही नहीं रहा था। सरला को अपने मायके वापस किया जा सकता था, पर उसका गर्भ? यों तो मायकेवाले उसे छिपा लेते क्योंकि''। इसी क्योंकि' में आकर सारी बात अटक जाती थी। वे समझते कि यह दामाद जी की काली करतूत है और बेटी बेचारी उसे छिपा रही है। मायके में कोई न मृदुला से कुछ कहता और न श्रीप्रकाश से कोई कुछ पूछता, पर सब लोग एक धारणा बनाकर उसी क्षण से उस तरह से चल निकलते, जैसे बंदरिया मरे हुए बच्चे को छाती से चिपकाए फिरती है। मायकेवालों से कभी असली बात तो बताई जा ही नहीं सकती। अरे-रे-रेरे! उस दुधमुंहे बच्चे को एक तो भ्रष्ट किया और अब बदनामी, फिर इसमें यह भी डर था कि लोग यह समझते कि पति देवता को बचाने के लिए बेटी ऊलजलूल बात कह रही है। कोई विश्वास नहीं करता। न नाना, न मामा, मामी को तो खैर कहा ही नहीं जाता, व्यर्थ में बात का बतंगड़ बन जाता। किसका पाप किसके सिर पर मढ़ा जाता। नहीं, नहीं, यह समाधान किसी काम का नहीं था। इस समाधान से समस्याओं की संख्या सौगुनी हो जाती।

पति से पूछा तो वही शुद्धानन्द। पर यह समाधान पसन्द नहीं आया। माना कि बहकाया गया, बुरी तरह बहकाया गया, पर है तो प्रेम का ही, यानी अपना ही रक्त-मांस। उसे छोड़ा कैसे जाए? कुछ समझ में नहीं आया। बचपन में मृदुला सड़क से एक पिल्ला उठा लाई थी। घर के लोग उसे रखने नहीं देते, क्योंकि मालिक की मिल्कियत के अनुसार कुत्ता भी बीस बिस्वे का होना चाहिए था, अल्सेशियन या स्पेनियल या बुलडाग या और कोई कुलीन कुत्ता। पर परिया पिल्ले को छोड़ने का जी नहीं करता था। चोरी-छिपे से पिल्ले को दिन-भर तो रखा, दूध पिलाया, पर रात को उसने जो आलाप शुरू किया तो नौकर-चाकर दौड़ पड़े और उसे निकाल बाहर कर

आए। मृदुला सो रही थी। उसे कुछ पता नहीं लगा। जब सवेरे गुप्त स्थान में पहुंची तो पिल्ला गायब था। पर कुछ पूछ नहीं सकती थी। वह बेकार में रोने लगी। माताजी ने समझा बीमार है, इसलिए डाक्टर आया।

पिल्ले की समस्या कैसे हल हुई यह उसे आज तक मालूम नहीं था। पर यह भी कुछ उसी प्रकार की समस्या थी। पर यह उस प्रकार सरल रेखा में नहीं थी। इससे होकर कई टेढ़े-मेढ़े रास्ते निकलते थे, जो पता नहीं मन और प्राण की किन-किन अंधेरी गलियों में जाकर शाखा-प्रशाखाओं में पसर जाते थे।

4

श्रीप्रकाश ने अगले दिन से दफ्तर जाना शुरू किया। यों तो भीतर-भीतर चिन्ता का तक्षक उन्हें भी डस रहा था, पर कुछ सूझता नहीं था। सरला से बात करना भी अच्छा नहीं लगता था। पर सरला जब-जब दिखाई दे जाती, तो बाबू श्रीप्रकाश की दृष्टि बरबस उसके पेट की दिशा में जाती। मन पर अजीब बादल घिर आते, जिनसे स्पष्ट विचार कठिन हो जाता। वे यह सोचकर चुप रह जाते कि मृदुला कुछ सोच ही रही होगी और वे हमेशा की तरह दफ्तर और घर की आवाजाही में भूल जाते।

प्रेम को बोर्डिंग में गए हुए काफी दिन हो गए थे कि एक दिन श्रीप्रकाश को दफ्तर में टेलीफोन मिला।

उधर से कोई महिला बोल रही थी। परिचित लगती थी, पर पहचान में नहीं आई। जब वह बोली—घर आते समय यह-यह दवाई ले आना, तब मालूम हुआ कि यह मृदुला है।

कौन बीमार हुआ? उद्विग्नता हुई। वे बोले—क्या मैं तुरन्त घर चला आऊं?

—नहीं।

उधर से टेलीफोन बन्द हो गया। जो दवाइयां लिखाई थीं, वे तो खास कोई दवा नहीं थी। टानिक, कैल्शियम और विटामिन। सौ-सौ गोलियां और टॉनिक लेकर घर पहुंचे। बोले—तुमने तो कभी बताया नहीं कि तबीयत खराब है।

—हूं।

—कोई डाक्टर बुलाएं?

—डाक्टर क्या बुलाओगे। समझते नहीं हो? हर बात साफसाफ क्यों कहनी पड़ती है। यह सब सरला के लिए है।

सब सरला के लिए है सुनकर श्रीप्रकाश को बड़ा आश्चर्य हुआ कि कहां तो वह सरला को उस दिन मार ही डाल रही थी और कहां यह स्नेह? मानो पतोहू हो। स्त्रियों का चरित्र देवता नहीं जानते तो आदमी क्या जाने। श्रीप्रकाश ने आगे कोई प्रश्न नहीं किया, चुप रहे। प्रश्नों का उत्तर मिल ही चुका था। इसके माने यह हुए कि सरला यहीं रहेगी। विशेष खुशी नहीं हुई। अन्तर्मन यह चाह रहा था कि यह दूर, बहुत दूर चली जाए तो अच्छा रहे, क्योंकि वह बेटे की एक ऐसी बात याद दिलाती थी जिसे वे भूलना चाहते थे। पता नहीं, मृदुला को क्या हो गया? यह शुद्धानन्दवाली बात पर राज़ी क्यों नहीं हो जाती? वेश्या बनेगी, यह होगी, वह होगी, तो हमसे क्या मतलब? हमने दुनिया का कोई ठेका थोड़े ही ले रखा है? इधर एक शंका और भी करकराने लगी थी। कहीं कुछ हो गया, बात खुल गई कि इसको गर्भ है, तो दोष अपने मत्थे पर न मढ़ दिया जाए। यों खैर, मृदुला के सामने तो दोषी होने का डर नहीं रहा, पर मृदुला सारी दुनिया तो नहीं है। घर में अशान्ति से तो बचे रहेंगे, पर जगहंसाई तो होगी और खूब होगी। गुनाहे बेलज़्जत। अगर कुछ करके बदनाम होते, तो शायद वह उतना अखरता नहीं। और पेंच ऐसा है कि सच्ची बात कहकर अपनी जान बचा नहीं सकते। बिला वजह आसमान देखना पड़ेगा, हर व्यक्ति

के सामने, हर मौके पर...

इधर मृदुला कुछ दिनों से बहुत चिन्तित रहने लगी थी।

प्रेम को घर छोड़े हुए तीन-चार महीने हो चुके थे। वह एक दिन एकाएक बोली—मैं सरला को लेकर तीर्थ-यात्रा में जाऊंगी और इन पत्रों को पढ़कर डाक में डलवा देना।—कहकर उसने कुछ लिखे हुए पत्र निकाले, जिन्हें श्रीप्रकाश ने रख लिया।

तीर्थयात्रा का अर्थ वे समझ नहीं सके, क्योंकि ऐसे मौकों पर तीर्थयात्रा का एक ही अर्थ होता है। पर वह अर्थ गलत इसलिए पड़ जाता था कि जब यही करना था तो उसपर कैलशियम और विटामिन की गोलियां क्यों चलाई गईं? पर इस देश में अजीब प्रथाएं रही हैं कि जौहर में आत्मदान करने के लिए जानेवाली स्त्रियां सोलहों शृंगार करके जाती थीं, बकरे को बलिवेदी पर चढ़ाने के पहले उसे फूलमाला से सुसज्जित कर देते थे। कुछ पूछने की हिम्मत नहीं हुई। आशा यह थी कि चिट्ठियों में कुछ सुराग मिलेगा।

श्रीप्रकाश ने पत्रों को अपने आफिस वाले बैग में रखना चाहा पर मृदुला बोली—पढ़ लीजिए। आपको भी जानना चाहिए...

जानना अवश्य चाहिए, पर हरिद्वार से लौटने पर लांछन का जो टीका सिर पर लगा था, उसके कारण वे सरला के मामले में उसी प्रकार से तटस्थ हो गए थे, जैसे वर्णान्ध एक विशेष रंग को देख नहीं पाता। श्रीप्रकाश ने एक पत्र पढ़ा, जो मृदुला की मां के नाम लिखा गया था। उसमें लिखा था—बहुत दिनों से इच्छा थी कि एक सन्तान और हो। ईश्वर उस इच्छा की पूर्ति करनेवाले हैं। धन्यवाद के लिए तीर्थयात्रा को जा रही हूं। मुझे विश्वास है कि कल्याण होगा।—और भी बातें लिखी थीं पर असली मुद्दे पर इतनी ही बातें थीं।

श्रीप्रकाश दूसरा पत्र पढ़ने लगे, पर मृदुला ने रोक दिया, बोली—बस यही बात सबमें लिखी है। तुम समझ गए न?

श्रीप्रकाश ने इंगित से कहा कि हां, मैं समझ गया, पर असल में वे विशेष कुछ समझे नहीं थे। इतना समझ गए कि पहला उपसंहार गलत था। बच्चे को मारने का कोई कार्यक्रम नहीं था, पर उसे जिलाने का कैसा-क्या कार्यक्रम है, यह भी पकड़ में नहीं आया। प्रेम का अवैध बेटा, उसका 'टा' कनपटी पर बहुत तड़ाक से लगा, जैसे सिर भन्ना गया। 'फिर वह अपना बेटा कैसे हो सकता है। यह मृदुला करने क्या जा रही है? मान लिया कि सरला के बेटा हुआ और उसे मृदुला ने अपना बेटा करके प्रचारित किया, पाला-पोसा, पर प्रेम उसे क्या कहेगा? 'घर में उसका क्या अधिकार होगा।' पर इससे भी तात्कालिक और महत्त्वपूर्ण बात यह है कि सरला का क्या होगा? क्या वह फिर लौटकर साथ आएगी या वह एकाएक गायब हो जाएगी, जैसे कई स्त्रियां हुआ करती हैं? मृदुला अकेले कैसे यह सब बात करेगी? और यदि सरला जीवित रही,श्रीप्रकाश यह माने ले रहे थे कि सरला को जिन्दा रखा जाएगा, और वह किसी दिन लौट आई और दावा करने लगी कि अमुक मेरा बेटा है, तो क्या होगा?

श्रीप्रकाश भुलभुलैयां में भटक गए, कुछ सोच नहीं पाए। इसलिए उन्होंने अपने को हाथ-पैर बांधकर प्रवाह में डाल दिया। अब सरला का पेट काफी बड़ा हो गया था। हर देखनेवाले पर असलियत की खाल खुल जाती थी और श्रीप्रकाश यह भी समझ रहे थे कि जैसा कि समाज है, उसमें सारा दोष मुझ ही पर पाएगा, इसलिए इस बला का यहांसे टल जाना अच्छा है। मृदुला ने कहा—हमलोगों के जाते ही तुम कुछ ऐसी व्यवस्था कर लो, जिससे प्रेम घर पर ही आ जाए, नहीं तो तुम्हें बहुत अकेला लगेगा।—कहकर पति को सान्त्वना-सी देती हुई बोली—छः-सात महीने की बात है, मैं पत्र देती रहूंगी।

अन्तिम शब्द इतने प्रेम-भरे लहजे में कहे गए थे कि श्रीप्रकाश सब कुछ भूल गए और उन्हें ऐसा लगा कि यह घर की रानी और अपने

बच्चे की मां परिवार के लिए शहीद होने जा रही है, हंसहंसकर जैसे राजपूत ललनाएं चिता में प्रवेश किया करती थीं, पति को निश्चिन्त करके रणक्षेत्र में भेजने के लिए। यह तो स्पष्ट है कि वह उत्तर के तीर्थों में नहीं जाएगी। इधर तो हर तीर्थ में जान-पहचान के लोग टकरा सकते हैं और सत्य किसी भी समय खुल सकता है। सत्य खुलना माने श्रीप्रकाश की फजीहत। लोग यही कहेंगे कि बहुत अच्छी पत्नी ने पति के ऐब को छिपाने के लिए...

लोग कहेंगे, मृदुला इस युग की वह सती है जो पति को कन्धे पर रखकर वेश्या के घर पहुंचा पाई थी।

मृदुला ने सारी तैयारियां पहले ही कर ली थीं। बूढ़े नौकर रामदयाल को सब कुछ समझा दिया था और कह दिया था कि एक गढ़वाली लड़का और रख लेना। मैं जल्दी ही लौटंगी।

मृदुला चली गई सरला को लेकर। पर प्रेम घर में नहीं आया। मां के रहते तो वह आ सकता था क्योंकि बाप और बेटे के बीच शाक ऐबसर्बर यानी धक्काखोर के रूप में मां रहती तो सम्बन्ध की सुइयां कुछ हद तक ठीक समय दे सकती थीं। पर मां के जाने पर सुइयां एक-दूसरे से बेगानी बनी रहतीं और उनमें गृहस्थी असम्भव हो जाती। जब प्रेम ने आना नहीं चाहा तो श्रीप्रकाश ने जोर भी नहीं डाला। लगा जैसे दोनों में कुछ था जो अब नहीं रहा और उसे लाने की चेष्टा उसी तरह से व्यर्थ है जैसे नदी के लिए उलट कर अपने पहाड़ी मायके में जाने की चेष्टा। जा पाती तो मायका वह मायका न होता, इस बीच उसके अणु-परमाणु बदल चुके हैं। लम्बी बीमारी के बाद जैसे अपना मोहल्ला-टोला ही बिलकुल नया लगता है, अपरिचित, उस तरह।

जब श्रीप्रकाश रामदयाल के साथ अकेले रहने लगे, तो उन्हें पहली बार खयाल आया कि यह रामदयाल जाने क्या समझता होगा। क्या इसने लख लिया था कि सरला...? और यदि लख लिया, तो उसका क्या

अर्थ लगाया? एकाएक प्रेम के बोर्डिंग चले जाने का इसने क्या मतलब लगाया? फिर अब जो मृदुला सरला को लेकर चली गई, उसका इसने क्या अर्थ लगाया? जानने की इच्छा होती थी कि क्या यह मुझे दोषी समझता है। मुझे दोषी मानने पर सभी घटनाओं की अच्छी तरह व्याख्या हो जाती है। प्रेम इसलिए हटाया गया कि उसपर अनैतिक असर न पैदा हो। हा-हा-हा हा! मृदुला इसलिए गई कि पति का ऐब छिपाए। रामदयाल तो कभी स्वप्न में सोच भी नहीं सकता कि असलियत कुछ और है।

रामदयाल के सम्बन्ध में यह विश्वास हो जाने पर कि वह उन्हीं पर सारा दोष थोपता होगा श्रीप्रकाश और भी, बल्कि एकदम एकाकी हो गए। गृहस्थी बिखर गई, लड़का चला गया, सती-साध्वी प्यारी पत्नी न जाने कहां दर-दर की ठोकरें खा रही है, इस हालत में रामदयाल का नाराज़ होना कोई आश्चर्य नहीं था। पत्र बराबर आते रहे। हां, वह दक्षिण में ही गई थी। श्रीप्रकाश ने यह नहीं लिखा कि प्रेम घर पर नहीं है, बोर्डिंग में ही है। उधर से भी पत्रों में सरला के सम्बन्ध में एक भी वाक्य नहीं आता था। बस हर पत्र में यही आता था कि अब थोड़े दिन रह गए हैं। मैं आ ही रही हूं।

पहला पत्र मद्रास से आया था। उसमें कोई खास बात नहीं, केवल शिकायत थी कि रास्ते में खाने को नहीं मिला। ऐसा जानती तो साथ में कुछ मिठाई-पकवान आदि बनवा लाती, फल भी नहीं मिले।

मदुरै से जो पत्र आया वह कुछ लम्बा था। उसमें लिखा था—मैं समझती थी कि उत्तरप्रदेश में ही मन्दिरों की बहुतायत है, पर दक्षिण तो ऊंचे-ऊंचे गगनचुम्बी गोपुरोंवाले मन्दिरों का देश है। अच्छा होता कि तुम भी साथ में होते। पर नहीं, तुम्हें बेटे के लिए वहां रह जाना ज़रूरी था। स्टेशन से पूरब की ओर कुछ दूरी पर मीनाक्षी मन्दिर है। बताया कि यह 847 फुट लम्बा और 729 फुट चौड़ा है। हम लोगों ने पश्चिमी द्वार से मन्दिर में प्रवेश किया। यद्यपि मन्दिर का प्रधान द्वार पूरब की ओर है।

मन्दिर के कुल नौ ऊंचे-ऊंचे गोपुर हैं, जिनमें सबसे ऊंचे गोपुर की बाबत कहा गया कि वह 152 फुट का बना है।

इन ब्यौरों को पढ़ते-पढ़ते जी ऊबता था और पता नहीं क्यों यह शंका होती थी कि शायद मृदुला के मन में कुछ ऐसा है कि सरला को किसी ऊंची जगह पर ले जाकर वहां से ढकेल दे। पर यह भी विश्वास नहीं होता था क्योंकि जब उसे इस प्रकार ढकेलना ही था तो उसके दवा और टानिक पर इतना खर्च क्यों किया था? और धक्का देने के लिए अपना कुतुब मीनार ही कौन बुरा है। पत्र पढ़कर दिल बैठ जाता था।

पत्र में आगे जो बातें लिखी थीं, उससे और सन्देह बढ़ता था। लिखा था—चौदहवीं शताब्दी के पहले कुछ दिनों तक मदुरै मुसलमानों के कब्ज़े में रहा। पंडे बता रहे हैं (वे खूब हिन्दी बोलते हैं) कि मन्दिर की बहुत सुन्दर चहारदीवारी थी। उसे मुसलमानों ने नष्ट किया। इसके अलावा चौदह गोपुर भी मिट्टी में मिला दिए गए। मुसलमान शायद सभी नष्ट कर डालते, पर विजयनगर के राजा के एक सरदार ने मुसलमानों को हरा दिया और फिर से मदुरै पर हिन्दुओं का कब्ज़ा हो गया। अब जो गोपुर और मण्डप देखने में आते हैं, उन्हें राजा तिरुमेल्लै ने बनाया।

मृदुला ने यह सब ब्यौरा क्यों लिखा, यह समझ में नहीं आता था, पर मुसलमानों ने हमला किया और चहारदीवारी तथा गोपुर तोड़ डाले, क्या इसका अर्थ यह लिया जा सकता था कि सरला का कुछ होने ही वाला है। ठीक तो है, दो धार्मिक स्त्रियां तीर्थ करने गईं और उनमें से एक ऊंचाई पर से गिर पड़ी और मर गई। पंडों को पैसे-पैसे दे दिए गए और बात खत्म हुई। पर कुछ समझ में नहीं आता था कि पत्र का यही मतलब है या कुछ और। जैसे पहले भविष्य के सम्बन्ध में सपने आए थे, अब वैसे सपने भी तो नहीं आते।

आगे पत्र में लिखा था—देवी का नाम मीनाक्षी इसलिए पड़ा कि उनकी आंखें मछलियों की तरह हैं। उत्तर में शिवजी का मन्दिर है जो

यहां सुन्दरेश्वर कहलाते हैं। पन्द्रहवीं शताब्दी में पाण्ड्य वंश का राज्य हुआ। उनकी एक कन्या का नाम मीनाक्षी था। कहते हैं कि सुन्दरेश्वर ने मीनाक्षी से शादी की। सुन्दरेश्वर शिवजी थे और मीनाक्षी पार्वती। इसी ब्याह की स्मृति में हर साल चैत में एक उत्सव मनाया जाता है। सुना है कि यह मेला चैत में होता है और हम लोग तब तक यहां नहीं ठहर सकते।

पत्र के इस प्रसंग तक आकर यह धारणा बरबस बनती थी कि उसके पहले ही सारा काम बन जाएगा। बाबू श्रीप्रकाश अब पछता रहे थे कि क्यों मृदुला को जाने दिया। पता नहीं वह अपने को किस विपत्ति में फंसा ले। असल में तो सरला से छुट्टी पाने की ज़िम्मेदारी सांसारिक दृष्टि से उन्हींपर पड़नी चाहिए थी, पर मृदुला ने उन सपनों से संकेत लिया और उन्हें सरला से बिलकुल अलग रखा। बड़ी अजीब बात है, दोष तो निकला बेटे का, पर वह बाप पर अविश्वास करती है और उसी अविश्वास के कारण उसने अपने को आग में झोंका है। यह तो माना जाता है कि बाप के अवगुण बेटे में उतरते हैं। पर यह कौन-सा न्याय था कि बेटे के ऐब को बाप पर टिका दिया गया और यह कल्पना की गई...। क्या मृदुला यह समझती है कि मैं सरला के साथ एक स्त्री का बर्ताव करता जबकि मैं जान चुका था कि उसके साथ बेटे का सम्बन्ध हो चुका था? छिः, यह बात अकल्पनीय थी पर जितनी भी अकल्पनीय हो, मृदुला इसी तर्क-शैली से चली। उसने कुछ ऐसा सोचा होगा कि मैं उसे अकेली पाकर सोचूंगा कि अब यह स्त्री तो खराब हो ही गई। आखिर सींग दिखाकर चली ही जाएगी। इससे जितना हो सके कमा लो, बहती गंगा में हाथ धोकर वैतरणी पार कर लो। शायद मृदुला ने यह भी सोचा हो कि कामुकता के कारण नहीं बल्कि बदला लेने की दृष्टि से मैं ऐसा कर सकता हूं पर यह बात कितनी गलत है?

आगे मृदुला ने लिखा था—पंडों ने मुझे बड़े गर्व के साथ बताया कि यही मन्दिर दक्षिण में सबसे पहले अछुतों के लिए खोला गया था।

गर्भगृह के अतिरिक्त लोग यहां चाहे जहां जा सकते हैं। इस मन्दिर की सुन्दरता तो रात को खुलती है, जब जगमग रोशनी जलती है।...

यहां पर आकर बाबू श्रीप्रकाश को यह लगा कि हो न हो इन पंक्तियों में कोई गूढ़ बात अवश्य लिखी गई है जो अन्य प्रकार से खुल्लमखुल्ला लिखना उचित न होता, क्योंकि यदि सरला को गोपुर के ऊपर से ढकेल दिया जाता और वह न मरती और बयान दे देती कि मुझे ढकेला गया तो चिट्ठियों की जांच होती कि पहले से कोई इरादा था या नहीं, इसलिए कोई बात खोलकर लिखी नहीं जा सकती थी।

अछूत कौन? अछूत अवश्य ही सरला है, जाति से नहीं पर अपने कर्मों से। उसने बहुत दुष्कर्म किया कि जिसने आश्रय दिया उसके लड़के को भ्रष्ट किया, यानी सरला के लिए भी मन्दिर खुला है। खुला है का माने क्या हैं? माने शायद यह हों कि इस मन्दिर में मौका है उससे छुट्टी पाने का। इस प्रसंग में जो गर्भगृह शब्द आया है, वह बहुत अर्थपूर्ण है, उसमें गर्भ शब्द आता है। यह भी लिखा है कि दिन को नहीं रात को मन्दिर की शोभा है, यानी काम रात को होना सुविधाजनक ज्ञात होता है।

आगे पत्र में लिखा था-तेल के हज़ारों दीए लगे हैं, जो बिजली बत्तियों के बावजूद जलाए जाते हैं। पीतलवाले इस द्वार से आगे बढ़ने पर एक अंधेरा मंडप मिलता है जहां शिव की अनेक मूर्तियां हैं जो कतार में रखी हैं।

और भी बहुत-से ब्यौरे लिखे थे। सुनहले विमान का दर्शन, और जाने क्या-क्या। कुछ समझ में नहीं आ रहा था। एक ऐसे द्वार की बात लिखी थी जो मीनाक्षी मन्दिर को सुन्दरेश्वर मन्दिर से अलग करता है। यह अलग करना क्या अर्थ रखता है? पता नहीं मृदुला ने यह सब ब्यौरा क्यों लिखा है? यदि उत्तरी दीवार पर मन्दिर का ऐतिहासिक वृत्तान्त तमिल और संस्कृत भाषाओं में खुदा है, तो इससे क्या आता-जाता है?

भला मन्दिर के इतने ब्यौरे के बारे में मैं जोकि यहां दिल्ली में बैठा हूं, मुझे क्या दिलचस्पी हो सकती है? आखिर पंडों के साथ इतने मन्दिर घूमने का क्या अर्थ है? एक बात समझ में आती है कि सम्भव है दक्षिण के पंडे भी उत्तर के स्वामी शुद्धानन्द की तरह हो सकते हैं। यदि मदुरै उत्सवों का नगर है, तो हरिद्वार या काशी कौन-से पीछे हैं।

बाबू श्रीप्रकाश इस पत्र को कई बार पढ़ गए पर असली जिस विषय में वे जानना चाहते थे, उस सम्बन्ध में कुछ न पाकर बहुत निराश हुए। उन्हें अब बहुत ही अफसोस हो रहा था कि मृदुला की यात्रा में उन्होंने हस्तक्षेप नहीं किया।

5

जब कई महीने बाद मृदुला आई, तो उसके साथ एक शिशु था जिसे देखकर श्रीप्रकाश बहुत चौंके,क्योंकि वह शिशु बिलकुल प्रेम से मिलता था। वे सरला की बात भूल ही गए, पर जब वे कुछ संभले और मृदुला के पीछे देखा तो टैक्सी में और कोई भी नहीं था। मृदुला खुश होकर बच्ची को (श्रीप्रकाश अब भी उसे बच्चा समझ रहे थे) गोद में देते हुए कहा—देखो, मेरी बच्ची कैसी सुन्दर है।

श्रीप्रकाश ने आधी अनिच्छा से बच्ची को गोद में लिया। जो प्रश्न कण्ठ तक आकर जीभ की दहलीज़ पार करना चाहता था, उसे किसी तरह रोककर और नये सन्तुलन के साथ एक नया जीवन शुरू हुआ। प्रेम बीच-बीच में आता रहा। उसे यही बताया गया कि यह तुम्हारी बहन है।

पता नहीं उसने इसे सत्य समझा या झूठ, पर वह आशा से बहुत प्यार करता था। मां और बेटे का रंग-ढंग देखकर कभी-कभी श्रीप्रकाश

को यह सन्देह-सा होने लगता था कि यह सचमुच मृदुला की बेटी और प्रेम की बहन है। मन को घानी में पेरने पर ही सत्य का तेल निकलकर सामने आता था। अत्यन्त अंतरंग मिलन के मुहूर्त में भी मृदुला ने नहीं उगला कि सरला काक्या हुआ। क्या वह सीता की तरह धरती में समा गई? क्या उसे मार डाला गया? क्या उसने आत्महत्या कर ली? मारी गई तो किसने मारा? मृदुला तो ऐसा नहीं कर सकती। उससे तो वह बात भी नहीं करते बनी जो ऐसे मौके पर सब करते हैं।

क्या प्रेम को मालूम है? पर वह तो आशा-आशा करता रहता हैं। बीच-बीच में बहना-बहना भी कहता है। श्रीप्रकाश भी आशा से बहुत हिल गए थे। बीच में इतनी बड़ी और पुरानी चीन की दीवार होने पर भी कुछ ऐसी बात थी कि उसकी ओर बेतार के ज़रिये से स्नेह की धारा प्रवाहित होती थी और वे हर समय उसे चिपटाए फिरते थे। लोग देखकर कभी-कभी हंस भी देते थे कि बुढ़ापे में बच्चा होने पर ऐसा ही होता है।

इसी प्रकार वर्ष के बाद वर्ष निकलते चले गए। प्रेम की शिक्षा पूरी हो गई। वह आई० ए० एस० बन गया और प्रशिक्षण लेकर नौकरी पर चला गया। मां शादी के लिए कहती रही, पर वह इन्कार करता रहा। संक्षिप्त-सा उत्तर दे देता था—क्या ज़रूरत है।

वह जब घर आता तो आशा के लिए ढेर से खिलौने और खाने-पीने की चीज़ें ले आता था। किसीने न तो पूछा और न किसीने कुछ कहा। इसी प्रकार वर्ष के बाद वर्ष निकलते चले गए।

जब आशा का बारहवां जन्मदिवस धूमधाम से मनाया गया तब मृदुला का माथा ठनका, लगा कि जिस गुप्त बात को आपस में भी कभी स्पष्ट रूप से सामने नहीं रखा गया, क्या अब उसके चक्रव्यूह को तोड़कर कुछ करने की ज़रूरत है? उत्सव मन रहा था। अतिथि आ रहे थे और खा-पीकर, उपहार देकर, आशा को दुलारकर चले जा रहे थे। मृदुला

के चेहरे पर एक-एक सिलवट बढ़ती जा रही थी। कोई पश्चात्ताप नहीं था। आशा उसी प्रकार से न सही, कुछ घटकर मानों में ही सही, अपना ही रक्त-मांस है जैसाकि प्रेम। उसे बचाना और पालना किसी भी प्रकार गलत नहीं था। श्रीप्रकाश उसे लेकर कितना खुश रहते थे। प्रेम से कहीं ज़्यादा उससे प्यार करते थे और आशा भी हर समय चहचहाती रहती थी। उसके बिना अब इस घर की कल्पना नहीं की जा सकती थी। नहीं, कोई गलती नहीं हुई थी।

जब अन्तिम अतिथि जैसे तलछट भी पी लिया जाता है, उस प्रकार से चला गया और कुछ समय निकल गया और यह पता लग गया कि अब कोई नहीं आने का, और घर के सब लोग उत्तेजना के बाद अवसन्न होकर नाम के वास्ते खाने की मेज़ पर जाकर बैठे थे, तो मृदुला ने वही बात छेड़ी, जिसे वह इससे पहले बहुत बार छेड़ चुकी थी। प्रेम सुनता रहा, सुनता रहा, फिर बोला—मैं अच्छी तरह हूं। तुमने गंगाराम को इतना अच्छा ट्रेण्ड कर दिया है कि मुझे कोई तकलीफ नहीं होती और अगर तुम्हें यह ख्याल है कि मैं अकेले रहता हूं तो तुम सब लोग मेरे साथ आकर रहो। बाबूजी की कई साल की छुट्टी जमा होगी, वह ले लें और मेरे साथ रहें।

पर मृदुला नहीं मानी, बोली—आज मैं किसी तरह नहीं मानूंगी। अब हम लोग कितने दिनों के हैं। पता नहीं कब परमात्मा के परवाने की पुकार आ जाए, तब आशा बेचारी का क्या होगा? क्या वह तुम्हारे साथ घर में अकेले रहेगी? तुम तो कचहरी में होगे, वह बेचारी क्या करेगी?

आशा भी मचल गई, बोली—सबके भाभियां हैं, मेरी भाभी क्यों नहीं है?

अन्त तक प्रेम को घुटना टेकना पड़ा। इस सम्मिलित पारिवारिक मांग के सामने। उसने मां को सर्वाधिकार दे दिया और मां ने यह समझकर कि कहीं लड़का फिर बदल न जाए, सर्वाधिकार का कैकेयी को दिए हुए

वर की तरह सालों न ठहरकर फौरन ही उपयोग करते हुए तीन महीने के अन्दर प्रेम की शादी कर दी, एक धनी घराने में। बहू उच्चशिक्षिता थी, जैसा कि एक अफसर की बीवी को होना चाहिए क्योंकि उसे बीवी के अतिरिक्त अतिथियों के आदर-सत्कार का भार भी अपने ऊपर लेना पड़ता है। अफसर की बीवी जितनी अच्छी होस्टेस होती है, अफसर को उतना ही लाभ रहता है।

नीरजा को भाभी के रूप में पाकर आशा बहुत खुश हुई,विशेषकर इस कारण कि वह अपने साथ प्रसाधन की जानेवाली कितनी छोटी-बड़ी तरह-तरह की शक्लवाली शीशियां लेती आई,जिनकी डाट खोलते ही मानो खुलजा सम-सम कहते ही सौन्दर्य की देवी अपने विभिन्न और नये-नये रूपों में प्रकट हो जाती थी। वह उस समय विशेषकर भाभी के पास होना चाहती थी जब वह प्रसाधन करती होती थी, क्योंकि उसे प्रत्यक्ष दिखाई पड़ता था कि भाभी, जो एक तरह से सांवली ही थी, इन शीशियों की कीमियागिरी की बदौलत किस प्रकार सांवली से गोरी बन जाती थी। भाभी यह नहीं चाहती थी कि प्रसाधन के समय कोई उसके कमरे में हो पर घर की लाड़ली बेटी और अपनी ननद को कौन रोक सकता था। वह आकर उसे घूरती रहती थी। नीरजा को ऐसा लगता था कि वह मुस्काती जाती है। उसे यह सब और भी बुरा इसलिए लगता था कि अलादीन के सारे जादुओं के बावजूद उसके रंग में वह आभिजात्य नहीं आ पाता था जो आशा के चमड़े में था, सहज रूप से।

आशा सामने और पीछे अब इन विलायती उबटनों, रंगों, प्रलेपों और लोशनों का इस्तेमाल करने लगी तो नीरजा से यह छिपा नहीं रहा कि मुझपर इनका असर सौ होता है तो इसपर होता है हज़ार। घर के सब लोग गोरे हैं, बाबूजी तो बिल्कुल कश्मीरी लगते हैं, सास की उम्र यद्यपि काफी हो चुकी है, पर वह अभी जवान लगती हैं। और प्रेम का तो चेहरा दमकता रहता है। सूट में तो वह बिलकुल अंग्रेज़ नहीं

तो इटलीवासी ज़रूर लगता है। और यह आशा! यह तो अपनी मां से भी गोरी है। बुरा लगता था कि ऐसा होते हुए भी वह क्रीम-पाउडर का अपव्यय क्यों करती है? नीरजा के आने के पहले भी इस घर में क्रीम-पाउडर थे, पर वे बहुत सस्ती किस्म के थे, जिन्हें नीरजा नौकरों के ही व्यवहार योग्य समझती थी।

पर नीरजा अधिक दिन दिल्ली में नहीं रही। वह पति के साथ चली गई क्योंकि अब उसकी छुट्टी खत्म हो गई। साथ में मृदुला आशा को लेकर गई कि पहली बार बहू को घर बसाने की कला की शिक्षा दी जाए। बहू को यह पसन्द नहीं था, पर विवाह के बाद वह समझ गई थी कि सोलहों आने अपनी इच्छा नहीं चलने की, फिर उसे इस बात पर क्या आपत्ति हो सकती थी कि रसोईघर में कोन क्या करता है। उसे तो रसोई करनी नहीं थी। गंगाराम शादी के समय और उसके बाद से मौजूद था, वह देख चुकी थी कि वह अच्छा रसोइया है। उसे अंग्रेज़ीखाना कम आता है, पर एक और रसोइया रख लिया जाएगा। सास के जाने भर की देर है।

जब महीना भर रहने के बाद मृदुला आशा को लेकर लौटने लगी तो एक अजीब बात हुई जिसकी किसीको आशा नहीं थी। आशा मचल गई कि मैं भैया के साथ रहूंगी, यहीं पढ़ूंगी। कानपुर में कितने ही स्कूल और कालेज हैं।

इसपर मृदुला बोली—तुझे इसका कोई गम नहीं कि तेरे पिता अकेले हैं? तू छुट्टियों में यहीं आती रहना।

आशा बोली—भैया भी तो अकेले रहेंगे।

मृदुला बोली—भाभी जो रहेगी।

आशा फिर भी कहती रही कि वह भैया के साथ रहेगी। एक अजीब परिस्थिति पैदा हो गई। यहां तक कि नीरजा ने व्यंग्य के साथ कहा—वह तो मुझे इस घर की मानती ही नहीं।

प्रेम ने आशा के सिर पर हाथ फेरा और उसे समझाया, तब वह

जाकर मानी। मृदुला और प्रेम में आंखों-आंखों में वह बात हुई जो कभी नहीं हुई थी। बेटे ने मां से साथ ही साथ जैसे यह भी कहा—देख लिया, शादी का नतीजा क्या हुआ? अभी तो और होंगे!...

मृदुला जैसे-तैसे आशा को लेकर दिल्ली लौट आई। पर आशा रास्ते भर भैया-भैया करती रही, यद्यपि जब-जब जहां-जहां गाड़ी ठहरी, उसने जो चाहा सो खरीदा।

मृदुला को फिर से चिन्ता हुई, पर वह इस कारण आशा के और निकट हो गई। अभागी बच्ची? क्या कहा जाए, कुछ कहते नहीं बनता। वह पति तक को अपनी उलझन की बात बता नहीं सकी, क्योंकि जो लगभग तेरह वर्ष पहले वह तीर्थयात्रा को गई थी, तब से आशा या आशा के जन्म आदि के सम्बन्ध में कोई बातचीत नहीं हुई थी। अब तो वे घटनाएं ऐसी लगती थीं जैसे स्वप्न में देखी हुई हों, दुःस्वप्न में, क्योंकि उसका आतंक अब भी मन की सांसों में कोलतार की तरह जकड़कर परतों में बंधकर बैठा था।

इसके बाद दो-तीन साल और निकल गए। और आशा अब कालेज में हो गई थी। वह अब एक छोटी-मोटी लेडी मालूम होती। मृदुला यही कहा करती थी कि इसकी शादी हो जाए, तो बस मुझे छुट्टी हो जाए।

इधर मृदुला के पेट में कोई दर्द उठने लगा था। डाक्टरों को दिखलाया गया, तो वे पहले तो बोले अपेण्डीसाइटिस है, फिर एक दूसरे डाक्टर ने कहा कि पेट में पथरी पड़ गई है। अब इसका चाहे जो कुछ भी मतलब हो। एक्सरे हुआ तो भी कुछ ठीक-ठीक पता न चला। फिर दुबारा एक्सरे हुआ। दोनों बातें सच लगती थीं कि अपेण्डीसाइटिस भी है और गालस्टोन भी है। तय हुआ कि आपरेशन किया जाए और उस समय प्रेम सपरिवार यानी नीरजा के साथ वहीं मौजूद रहे।

आपरेशन के लिए अच्छा से अच्छा डाक्टर चुना गया। जब पेट चीर

डाला गया तो देखा गया कि अपेण्डिक्स भी खराब है, साथ ही सचमुच गालस्टोन भी है। खून देकर आपरेशन का काम समाप्त हुआ। कहा तो गया कि आपरेशन सफल हुआ, पर जब डेढ़ दिन तक रोगिणी को होश नहीं आया तो सब लोग विचलित हो गए। पर डाक्टरों ने धीरज बंधाते हुए कहा—अभी जीवनी शक्ति कमज़ोर है पर आशा है कि अन्त में उसीको विजय प्राप्त होगी।

डाक्टरों की बात ही सच निकली और अड़तालीस घण्टे के बाद मृदुला को होश आया और वह धीरे-धीरे कराहने लगी। नीरजा और आशा ने दिन-रात एक कर दिया। यों तो बारी-बारी से अस्पताल की नर्सें भी आती थीं। प्रेम ने अपने पिता को अस्पताल के कमरे में आने ही नहीं दिया। कहा कि आप घर पर रहिए और आशा से भी कहा कि तुम घर पर रहो, पर वह बार-बार छटक-छटककर चली आती थी। अब तो वह अपने भाई की मोटर भी चला लेती थी, इसलिए उसे रोकना मुश्किल था।

प्रेम को सबसे अधिक चिन्ता इस बात पर थी कि मां जब अर्ध-सचेतन अवस्था में थी तो बार-बार सरला-सरला, मीनाक्षी, मीनाक्षी, कहती रही। वह डर रहा था कि कहीं नीरजा के सामने मां कुछ ऐसी-वैसी बात न कह डाले कि वर्षों की दबी हुई लाश एकदम बदबू देकर तैर उठे। पता नहीं मां ने सरला का क्या किया, कहां छोड़ा, वह किधर गई? मां के मन में जब छिपा दर्द है, तब अवश्य दाल में कुछ न कुछ काला होगा। पर वह क्या बात हो सकती है? जब मां कई बार सरला-सरला कह चुकी, तो प्रेम ने नीरजा को कहा था कि आशा नहीं मानती तो तुम ही घर पर जाकर रहो। ऐसे समय बाबूजी का अकेले रहना ठीक नहीं है। पर नीरजा नहीं गई थी, उलटा उसने यह पूछा था कि सरला और मीनाक्षी कौन हैं?

इसपर प्रेम को यह झूठ बोलना पड़ा था कि मुझे याद नहीं, पर कुछ ऐसा ख्याल आता है कि सरला नाम की मेरी कोई छोटी मौसी थी जो

मां को बहुत प्यारी थी। वह शायद कम उम्र में ही मर गई थी। मीनाक्षी के बारे में प्रेम ने इतना ही कहा कि हो सकता है यह कोई मन्दिर हो या दक्षिण का कोई प्रसिद्ध मन्दिर हो जहां मां तीर्थ करने गई थी।

खैरियत है कि मां ने नाम लेने के सिवा कुछ नहीं कहा और विपत्ति टल गई, पर वह विपत्ति अब तक मौजूद है और जब कभी पंख पसारकर झपट्टा मार सकती है, यह सोचकर प्रेम इतना दुखी हो गया जितना कि आपरेशन के खतरे से नहीं हो सकता था। मां के उठने-बैठने लायक होते ही छुट्टी बाकी होते हुए भी वह नीरजा को लेकर कानपुर लौट गया। नीरजा ने जोश में आकर आशा से बाज़ी मारने के लिए सास की सेवा की थी, इस कारण वह बीमार पड़ गई और इतनी बीमार पड़ गई कि लखनऊ से उसके भाई आकर उसे ले गए यह समझकर कि प्रेम बाबू तो घर पर रह तक नहीं पाते, सास इस लायक नहीं है कि आप आए और ननद की परीक्षा सिर पर है। प्रेम ने कोई आपत्ति नहीं की, बल्कि खुश ही हुआ कि छुट्टी के कारण जो काम रुके हुए थे और इस बीच जिनमें वृद्धि ही हुई थी, उन्हें वह जल्दी निपटा सकेगा। लखनऊ और कानपुर के बीच बराबर ट्रंक काल चलते रहे। कभी-कभी नीरजा स्वयं भी बात करती थी। उसकी हालत सुधर रही थी।

अब तो रात के समय ठीक दस बजे अवश्य ट्रंक काल आता था, यों तो दिन में भी आ सकता था और आसानी से, पर दिन में पता नहीं होता था कि साहब बहादुर कहां हैं। कभी कचहरी में होते थे तो कभी मुआइने पर, कभी दौरे पर, इसलिए रात ही को ट्रंक काल आते थे। अब नीरजा आने ही वाली थी। आज रात को इसकी आशा थी कि वह कहेगी कि कल सवेरे आ रही हूं। पर इसकी बजाय उसने टेलीफोन पर अजीब प्रश्न किया। बोली—आशा कहां पैदा हुई थी?

प्रेम के सिर में एकाएक खून का दौरा तेज़ हो गया। उसे पसीना आ गया, गर्दन पर चींटियां रेंगने लगीं। बोला—कौन आशा?

हमारी वाली आशा न? वह कहां पैदा होगी, घर में पैदा होगी। तुम क्यों पूछ रही हो?

उधर से इसका कोई उत्तर नहीं आया और ऐसा लगा कि रिसीवर बन्द कर नीरजा किसीसे बात कर रही है। प्रेम ने खुद ही पूछा—तुम कल आ रही हो न?

उधर से इसका अजीब उत्तर आया—देखें, कल क्या होता है।

अगले दिन कोई ट्रंक काल नहीं आया और उसके अगले दिन नीरजा उसके सामने खड़ी थी। आते ही उसने झगड़े के लहजे में कहा—तुमने मुझे धोखा दिया। आशा तुम कहते थे कि घर में पैदा हुई, पर वह दक्षिण में पता नहीं कहां पैदा हुई और अजीब बात है कि तुम्हारी मां वहां अकेली थीं। भला कोई शरीफ आदमी अपनी गर्भवती स्त्री को इस तरह तीर्थयात्रा में जाने देता है? मुझे अभी पूरा पता नहीं लगा, पर आशा की पैदाइश में कोई गड़बड़ ज़रूर है। अच्छा है कि तुम पूरी बात बता दो, नहीं तो फजीहत होगी।

जब कल रात को नियमानुसार ट्रंक काल नहीं आया था, तभी प्रेम का माथा ठनका था और वह समझ गया था कि आगे मुसीबत की कांटोंवाली फसल आनेवाली है, पर वह किस रूप में आएगी, कैसे आएगी, इसका उसे कुछ अन्दाज़ा नहीं था। इसको कुछ सत्य का पता लगा है पर अभी असली सत्य का पता नहीं लगा, बोला—तुम पूरी बात बताओ तो कुछ समझ में आए। आशा कहां पैदा हुई इससे तुमसे या किसी और से क्या मतलब?

तब नीरजा ने साफ बता दिया कि वह सीधे दिल्ली गई थी और वहां पूछताछ करने पर मालूम हुआ कि आशा मदुराई में पैदा हुई थी, जबकि तुम कह रहे थे कि वह घर में पैदा हुई। तुम उस वक्त अठारह-उन्नीस वर्ष के थे। तुम्हें इतना भी याद नहीं कि बहन कहां पैदा हुई?

इसके उत्तर में प्रेम ने कहा—मैं स्कूल के बाद से बोर्डिंग में रहा। मुझे इसमें कोई फर्क नहीं मालूम पड़ता कि आशा घर में पैदा हुई या

कुमारी अन्तरीप में।...कहने को तो उसने कह दिया और उस समय वातावरण किसी तरह शान्त हुआ, पर यह वह समझ गया कि भीतर-भीतर ज्वालामुखी सुलग और भभक रहा है। वह किसी भी समय विस्फोटित हो सकता है। तनाव बढ़ता रहा, निसका आभास रोज़मर्रे के जीवन की साधारण गति के अन्दर से मिलता रहा, पर तनाव इतना कभी नहीं बढ़ा कि कुछ तड़क जाए।

प्रेम के मन में यह धुकुर-पुकुर मची रहती थी कि पता नहीं सरला ही मिल गई या और कोई बात हुई, पर यदि सरला मिल गई तो उसने कितना बताया? क्या उसने केवल यह बताया कि आशा उसकी बेटी है और उसे मृदुला ने पाल लिया था या उसने यह भी बताया कि...? आगे वह सोचना भी नहीं चाहता था, क्योंकि उसे लगता था कि शायद सोचने ही से उस रहस्य का पर्दाफाश हो जाए, जिसे वह एक अत्यन्त गुप्त धन की तरह अपने मन के कोने में छिपाए हुए बैठा था और इन वर्षों के दौरान कभी किसीसे उस सम्बन्ध में बातचीत भी नहीं की थी। प्रेम को ऐसा लगने लगा कि दो नावों पर पांव रखकर चलना शायद आगे सम्भव न हो। या तो आशा को छोड़ना पड़ेगा या नीरजा को।

नीरजा इधर लखनऊ से बहुत जल्दी-जल्दी पत्र-व्यवहार कर रही है, यह तो प्रेम को अनायास ही दीख गया और लिफाफे भी पहले से कुछ मोटे-मोटे आते थे। इससे पहले उसने कभी लखनऊ से आनेवाले पत्रों की तरफ ध्यान से देखा नहीं था, यदि पत्र नीरजा के होते थे और उसके हाथ पड़ जाते थे तो वे फौरन उसके हाथ पहुंच जाते थे और उस सम्बन्ध में फिर कोई बात नहीं उठती थी। हां, कोई मरे-जिए, किसीकी कठिन बीमारी हो, शादी हो तो उस पत्र का वह अंश उसे मालूम हो जाता था। पर अब तो इन मोटे लगनेवाले पत्रों की कोई भनक भी नहीं आती थी।

मृदुला ने प्रेम को लिखा कि हम लोग आशा का सोलहवां जन्मोत्सव कुछ धूमधड़ाके के साथ मनाना चाहते हैं। ज़रूरी नहीं कि उत्सव ऐन

जन्मदिन पर ही मनाया जाए, आसपास किसी भी दिन मनाया जा सकता है। आजकल ऐसा होता है। मतलब तो शुभेच्छाओं से है। तुमको जब भी छुट्टी मिले तभी उत्सव मनाया जाएगा। तुम्हारे पिताजी की भी यही इच्छा है।

इसके उत्तर में प्रेम ने नीरजा को बताकर यह लिख दिया कि हमें शायद अब की बार छुट्टी न मिले। जब चिट्ठी रवाना हो गई, तब नीरजा बोली—मैं तो जाऊंगी और कुछ पहले से जाऊंगी। यह उत्सव मनाना ही नहीं चाहिए। वह तुम्हारी बहन नहीं है। वह एक नौकरानी की लड़की है।

—नौकरानी?...प्रेम के मुंह से शब्द निकला पर उसे ऐसा लगा कि जैसे उसका गला बहुत भारी हो गया है और वह मुश्किल से यह शब्द उच्चारण कर सका है। दिल धक् से हुआ। तो क्या चिड़िया खेत चुग गई? तभी मोटे-मोटे पत्र आते थे।

नीरजा भरी हुई थी। एकदम से बोल पड़ी—आशा नौकरानी की बेटी है। वह तुम्हारी बहन नहीं है।

जब नीरजा ने 'वह तुम्हारी' कहा तो प्रेम को शंका हो रही थी कि अगले शब्द होंगे—'बेटी है'। पर नीरजा ने वे शब्द नहीं कहे, इससे प्रेम का स्खलित साहस कुछ हद तक लौट आया। वह बोला—अब मां ने क्या किया, मैं नहीं जानता, पर मैं उसे उसके जन्म के दिन से अपनी बहन करके ही जानता हूं। नीरजा, तुम यह तो नहीं कहना चाहती हो न कि मां ने तुम्हें या मुझे ठगने के लिए, मुझे ही ठगने के लिए क्योंकि उस समय तो तुम नहीं थीं, यह फ्राड किया?

नीरजा इसका कोई उत्तर नहीं दे सकी। पर वह बोली—तुम्हारे यहां कोई नौकरानी थी। उसीकी यह बेटी है।

प्रेम समझ गया कि इसे कोई पक्की सूचना प्राप्त हो चुकी है, पर यह भी ताड़ गया कि पूरी बात इसे नहीं मालूम। बोला—मुझे तो कोई ऐसी बात याद नहीं। रहा यह कि हमारे यहां जाने कितने नौकर और

नौकरानियां आईं और गईं। मुझे ऐसी कोई बात मालूम नहीं है फिर तुम आशा के चेहरे को नहीं देखतीं? देखो तो, वह सामने फोटो लगा है। क्या वह मेरी बहन नहीं मालूम होती?

नीरजा इसका भी कोई उत्तर नहीं दे सकी। यही सबसे बड़ा कारण है जिससे वह सन्देहों और अटकलों के अथाह मंझधार से निकलकर किसी चट्टानी निश्चय पर पैर नहीं जमा सकी थी। इतना ही मालूम हुआ था कि आशा किसी नौकरानी की लड़की है, पर आशा का चेहरा इस तथ्य के सम्पूर्ण विरुद्ध जाता था। रंग तो खैर समझ में आता है कि जब सास ने बेटी करके किसीको पालना स्वीकार किया तो गोरे रंग की लड़की चुनी, पर चेहरा कैसे मिल गया,मामूली तरह से नहीं मिला, बल्कि स्पष्ट रूप से दोनों के चेहरे एक थे। खानदानी सांचा था। अब की बार जब नीरजा गई थी, तब उसने बहुत ध्यान से देखा था। यदि आशा के चेहरे पर बाल होते जैसे प्रेम के चेहरे पर हैं, तो वह बिलकुल प्रेम ही लगती। इसी कारण तो वह किसी नतीजे पर नहीं पहुंच पा रही थी। वह प्रेम की बातों का कोई सदुत्तर नहीं दे सकी। फिर भी वह बोली—मुझे पक्का मालूम है कि वह सासजी की बेटी नहीं है।

इस सारे का उसने न जाने कैसे यह उपसंहार निकालते हुए कहा—मैं तो दिल्ली जाऊंगी और मैं पूरी बात का पता लगाऊंगी।

प्रेम को क्रोध आ गया, बोला—यदि यही तुम्हारी यात्रा का उद्देश्य है तो मैं कहूंगा कि तुम्हें जाने का अधिकार नहीं है। वे लोग तीन जने आनन्द से रहते हैं, तुम्हें उनका जीवन खटाई में डालकर उन्हें फाड़ देने के लिए जाने की ज़रूरत नहीं।

पर नीरजा नहीं मानी, बोली—मैं एक नौकरानी को अपनी ननद नहीं मान सकती।

—न मानो तो अपने घर पर रहो। यदि तुम्हें सम्पत्ति का खयाल है, तो शायद तुम कानून नहीं जानतीं कि पिताजी की सारी सम्पत्ति उन्हींकी

बनाई है और उन्हें जिस किसीको उसे या उसके किसी भी अंश को देने का अधिकार है। वे जो चाहें सो कर सकते हैं।

कहकर प्रेम ने मुंह फेर लिया और वह कमरे से बाहर चला गया तो उसे रोने की आवाज़ मालूम हुई। नारी-कण्ठ का रुदन, जिसे वह बिलकुल बरदाश्त नहीं कर सकता था। वह दूसरे कमरे से थोड़ी देर तक उसे सुनता रहा फिर उसके स्नायु जैसे तड़क गए। उसने अपने मन में कहा—क्यों न मैं इसे सारी बात बता दूं, ताकि पचड़ा हमेशा के लिए समाप्त हो जाए। जो गलती मैंने एक युग पहले की, लगभग लड़कपन के आवेश में, क्या नीरजा जो मुझपर गौरव करती है, सर्वत्र मेरी प्रशंसा करती है, मुझे इतने-से पदस्खलन के लिए क्षमा नहीं करेगी? फिर उसमें मेरा तो अधिक हाथ भी नहीं था। यह तो उसी औरत की कारस्तानी थी। बालविधवा थी, तो उसे ऐसा होना ही था। नीरजा अवश्य ही मुझे क्षमा करेगी।

प्रेम उठा और उसने जाकर नीरजा के बालों पर हाथ रख दिए और कहा—तुम रो रही हो, पर रोना तो मुझे चाहिए।

नीरजा रोते ही रोते बोली—मैं इस बात पर रो रही हूं कि तुमने मुझे गलत समझा। तुमने यह समझा कि मुझे सम्पत्ति से लोभ है। मुझे दुःख इस बात पर है कि एक नौकरानी की बेटी मुझसे बराबरी करती है।

प्रेम कुछ सुन नहीं रहा था। वह सोच रहा था कि कैसे शुरू करूं? क्या यह माफ करेगी? करे या न करे, मैं तो बरी हो जाऊंगा। मां ने व्यर्थ में मुझे शादी के चक्कर में डाला। न डालती तो अच्छा रहता। पता नहीं कहां से क्या हुआ। बोला—पूरी बात सुनो, तो तुम्हें दुःख न रहे। शायद तुम्हारा क्रोध करुणा में परिवर्तित हो जाए।

नीरजा अन्तिम रूप से आंखें पोंछती हुई बोली—तुम्हारा कोई कसूर नहीं है। यदि मां ने बेटी पाने के मोह में कुछ किया तो उसके लिए तुम दोषी कैसे हो सकते हो?

प्रेम ने जब यह निश्चित रूप से देखा कि इसने कुछ अफवाह-मात्र सुनी है, खतरनाक सत्य से कोसों दूर है, तो उसने फिर कछुए की तरह हाथ-पैर भीतर समेट लिए और वह फिर से कड़ा पड़ गया। और इस कड़ा पड़ने के समर्थन में उसके मन में यह विचार उठा कि मैं वह नहीं हूं जो आशा का बाप है, मैं तो दूसरा ही व्यक्ति हूं। और यदि मैं वह हूं भी तो मेरा दोष नहीं था। फिर मैं ऐसा पाप क्यों अपने ऊपर ओढूं, जो मेरा नहीं है, मुझसे नहीं हुआ। बोला—तुम्हें यह सन्देह क्यों हुआ? यदि यह तुम बता देती तो मैं सोच सकता था, पर मुझे तो सारी बात निराधार मालूम होती है। भला ऐसा भी कभी होता है कि कोई किसी नौकरानी की बच्ची को पाले और इस तरह पाले? तुमने तो देखा होगा कि पिताजी और माताजी दोनों उसपर जान देते हैं। यह भी तुमने अनुभव किया होगा कि उस घर में आशा की कद्र मुझसे कहीं ज़्यादा है।

नीरजा इन तथ्यों की भीड़ की चकाचौंध के सामने विह्वल थी। वह कुछ सोच नहीं पाती थी। उसने अपने मन से कई बार पूछा था कि क्या मैं किसी पराई बेटी को इस तरह से पाल सकती हूं? तो उसने स्वयं ही यह उत्तर दिया था—नहीं, मैं ऐसा नहीं कर सकती। खैर, अब तो आशा बड़ी हो गई है, पर जब बच्ची रही होगी तो उसका मल-मूत्र साफ करना! छिः, इसकी कल्पना भी नहीं की जा सकती। बोली—बात यह है कि हमारी कोई सखी दक्षिण में गई थी तो वहां उसे उत्तर की एक साधुनी मिली, जो बहुत-सी बातें पूछ रही थी। उसने जब यह सुना कि सखी को श्रीप्रकाश बाबू का पता है तब उसने उनके घर के सम्बन्ध में सारी बातें पूछीं, इतना पूछा कि सखी को पाश्चर्य हुआ। विशेषकर उसने आशा के विषय में पूछा और अन्त में जब उसने सुना कि आशा अच्छी तरह है तो वह आंखों में आंसू भरकर बोली—वह मेरी ही बेटी है।

तो ये लोग सत्य के बहुत पास पहुंच गए हैं, इतने पास कि हलका-सा धक्का लगते ही वे सत्य के अथाह गर्त में गिर सकते हैं और साथ-साथ यह

जो ताश का घर है वह भी भहरा जाएगा। साथ ही प्रेम को यह जानकर खुशी हुई कि सरला को मारा नहीं गया, वह अभी जीवित है। तो मां ने उसके साथ कोई ज्यादती नहीं की। बस उसे कुछ रुपये देकर यह कहा होगा कि तुम यहीं रह जाओ, अब उत्तर में न आना।

प्रेम बोला—कोई पगली होगी। इसका कोई अर्थ नहीं होता।

नीरजा यह मानने के लिए तैयार नहीं थी, क्योंकि कुछ न मानने पर भी मां ने यह माना था कि आशा का जन्म मदुराई में यानी दक्षिण में हुआ और यह साधुनी दक्षिण में ही मिली थी, यद्यपि मदुराई में नहीं। बोली—पगली नहीं है, मेरी सहेली फिर से उधर जा रही है। उसके पति विशाखापट्टन में लगे हैं।

तो बला पूरी तरह नहीं टली। अब सिर्फ इसी संयोग पर कल्याण निर्भर था कि सरला फिर न मिले। प्रेम को सरला पर कुछ क्रोध भी आया कि उसने आशा की बात पूछ ली, यहां तक तो कोई हर्ज नहीं था, पर उसने बिना कारण एक अपरिचित स्त्री को यह क्यों बता दिया कि आशा मेरी बेटी है। पता नहीं यह कहने में उसे क्या लाभ हुआ और कैसी राहत मिली। प्रेम यह समझ गया कि अभी तहकीकात जारी है और वह जारी रहेगी जब तक कि वे सत्य से टकरा न जाएं। बड़ी ही खतरनाक स्थिति है। जिसने यह कह दिया कि आशा मेरी बेटी है, वह पूछे जाने पर यह भी कह सकती है कि आशा का बाप कौन है। अगस्त्य ऋषि विन्ध्य पर्वत से यह कहकर दक्षिण चले गए थे कि जब तक मैं न लौटूं तब तक तुम सिर न उठाना, विन्ध्य की टेकड़ियां अब तक उसी टेक पर अड़ी हैं। तब से शताब्दियां गुजर गईं, पर विन्ध्य अपनी प्रतिज्ञा पर अचल-अटल है। पर सरला तो विन्ध्य नहीं है। जिस समय मां ने बच्ची लेकर उसे मुक्त किया होगा उस समय उसकी जीभ को मुक्ति का स्वाद लगा होगा, पर धीरे-धीरे जब भय की, सामाजिक अपमान की, सिर पर लटकती हुई तलवार दुर हो गई तो प्रतिज्ञा के स्नायु भी शिथिल पड़ गए।

अब तो लगता होगा कि उसे वंचित किया गया। उसके माथे पर पराजय का सेहरा बांध दिया गया और जीवन तब से शरशय्या बनकर रह गया है। खतरा बहुत भारी है, पर किया क्या जाए? कुछ सूझ नहीं रहा था। विस्मृति के गर्भ में हुए सत्य के अब नौ महीने हो चुके हैं। अब वह किसी भी समय धरती पर धमाका पैदा करके भूमिष्ठ हो सकता है। पता नहीं उस धमाके में क्या रह जाए और क्या बह जाए। प्रेम ने अनुभव किया कि वह कुछ कर नहीं सकता। उसे बुरा लगा कि नीरजा और मैं एक छत के नीचे रहता हूं, फिर भी वह मेरे विरुद्ध, परिवार के विरुद्ध अपनी तहकीकात का तांता तपाकर तैयार रखती है।

उस दिन के बाद प्रेम और नीरजा में यांत्रिकता के साथ वही सब होता रहा, जो पहले भी होता था, पर उनके व्यवहार की जैसे आत्मा ही निकल गई थी। व्यवहार की मुर्दा लाश-मात्र रह गई जिसे वे दोनों घसीटते रहे।

6

आशा के जन्म-दिवस पर पहली बार प्रम नहीं गया था और यद्यपि नीरजा ने धमकाया था कि वह जाएगी, पर वह भी अन्त तक नहीं गई थी। इसके विपरीत वह लखनऊ गई थी, एक ज़रूरी पत्र उस सखी से पाकर जो इस बीच फिर एक बार दक्षिण हो आई थी।

सखी निर्मला ने जो कुछ कहा, उसे सुनकर नीरजा गुम-सुम रह गई। वह अपने कानों पर विश्वास नहीं कर सकी। वह इतनी भयंकर किसी बात की आशंका नहीं करती थी। यदि उसे पता होता कि इस प्रकार केंचुआ खोदते हुए सांप प्रकट होगा और वह फन फैलाकर

फुफकारेगा, तो वह कभी इस प्रपंच में नहीं पड़ती। पर अब तो

सामने सांप खड़ा था और लय के साथ हिल रहा था कि मौका मिलते ही डस ले। डसे क्या, वह तो डस भी चुका था, क्योंकि निर्मला के सामने तो उसका सिर नीचा हो ही चुका था। केवल नीचा नहीं, मिट्टी में मिल चुका था। पता नहीं निर्मला ने यह बात कितनों से कही थी और यदि अब तक नहीं कही थी वह रुकनेवाली कब थी।

नीरजा प्रतिवाद करती हुई बोली—नहीं, नहीं, ऐसा नहीं हो सकता। उस वक्त उनकी उम्र मुश्किल से अट्ठारह साल थी। हो सकता है यह हमारे पूज्य ससुर साहब का कारनामा हो और तुमने सुनने में बाप की बजाय बेटे पर दोष लगाया हो।

निर्मला हंसती हुई बोली—तुम तो साधारण मनोविज्ञान की बात भी नहीं समझती। भला, यदि तुम्हारे ससुर साहब की यह कारस्तानी होती, तो सास भला उसे छिपाने में इतनी मदद देतीं? तुम्हारी सासजी कितनी भी सती हों, पर वैसी तो न होंगी कि अपाहिज पति को कन्धे पर बिठाकर वेश्या के घर पहुंचा आएं। वे तो उसी वक्त उस नौकरानी को झाड़ू मारकर घर से बिदा कर देतीं। उससे पैदा बेटी को पालना तो दूर रहा वे उसे चिमटे से भी नहीं छूतीं। दोष बेटे का था तभी सास ने बच्ची रख ली और मां को दक्षिण में भीख मांगने के लिए छोड़ आईं।

नीरजा ने निर्मला के चेहरे की तरफ देखा और उसे लगा कि निर्मला जो कुछ कह रही है वह अकाट्य है। उससे किसी प्रकार बचत नहीं है। फिर भी तर्क की पुनरावृत्ति करती हुई बोली—उनकी उम्र उस समय अट्ठारह वर्ष की थी। तुम्हारा भाई सन्तोष अट्ठारह वर्ष का है, भला वह ऐसा कर सकता है? मुझे तो लगता है कि वह इन बातों को समझता भी नहीं है।

निर्मला फिर हंसी और यह हंसी नीरजा को बीच से चीर गई। निर्मला बोली—सन्तोष क्या जानता है, क्या नहीं जानता है, यह तुम और मैं क्या जानूं? आजकल के लड़के बड़े अजीब होते हैं।

नीरजा और निर्मला की यह भेंट विशेष सुखकर नहीं रही और दोनों ने अलग होते समय अनुभव किया कि आशा के जन्म की जांच को लेकर जिस प्रकार उन दोनों के बीच का सम्बन्ध जमकर प्रगाढ़ हो गया था, वैसा अब नहीं रहा। वह बहुत कुछ पिघल चुका है और अब वह पता नहीं किन-किन सूराखों में बहे। अन्तरंगता तो जल ही गई।

अगली ही गाड़ी से नीरजा कानपुर रवाना हो गई।

जब वह कानपुर से गई थी तो और व्यक्ति थी और अब वह और व्यक्ति हो गई थी। उस समय उसमें केवल एक ही मनोवृत्ति प्रबल थी—कौतूहल! पर अब वह भीतर से बिलकुल घुटने से दमपोख्त हो चुकी थी। उसे लग रहा था कि उसे ठगा गया, उसका अपमान हुआ है, बुरी तरह अपमान हुआ है, जैसा कि और किसी घटना के द्वारा नहीं हो सकता। उस समय प्रेम घर पर नहीं था। इसलिए क्रोध और आक्रोश अपने लिए कोई रास्ता काट नहीं सके, फलस्वरूप वह भीतर ही भीतर फूंकती रही। यदि प्रेम सामने होता, तो वह उसपर उबल पड़ती और पता नहीं क्या-क्या करती, पर कई घंटों तक जब प्रेम नहीं आया तो वह शान्त तो नहीं, बहुत कुछ गुमसुम हो चुकी थी। उबलते हुए क्रोध पर पपड़ी पड़ चकी थी। उसे एक तरफ तो प्रेम पर बहुत क्रोध आ रहा था और दूसरी तरफ उसे विश्वास ही नहीं हो रहा था कि निर्मला ने जो कुछ कहा था, वह सत्य हो सकता है। संतोष और उसके साथी हमउम्रों के सम्बन्ध में यह सोचा ही नहीं जा सकता कि वे इस प्रकार का कोई कृत्य कर सकते हैं। नीरजा को अब पूरा विश्वास हो गया कि यह ससुर साहब की ही कारस्तानी है और उस भिखमंगिन ने या तो गलती की है या निर्मला ने जान-बूझकर उसका जीवन दूभर करने के लिए ऐसी कहानी गढ़ी है। निर्मला बचपन से उसकी मित्र रही है, पर साथ ही वह जानती थी कि इस मित्रता को आस्तीन में प्रतियोगिता भी कहीं कुंडली मारकर जब-तब झांक जाती रही है।

नीरजा का पति आई० ए० एस० है जबकि निर्मला का पति किसी साबुन कम्पनी का मैनेजर-मात्र था। यह उसे अखरता होगा, इसलिए उसने यह कहानी गढ़ ली अपना पलड़ा भारी करने के लिए। ससुर साहब की जगह प्रेम का नाम रख दिया। साथ ही उसका मन यह भी कहता था कि सारी बात एकदम कहानी नहीं है, कुछ न कुछ तथ्य तो है ही और एक तथ्य का तो समर्थन भी हो गया कि आशा का जन्म दक्षिण में हुआ। बड़ी अजीब बात है। जब वच्चा होने को होता है, तो स्त्रियां अपने प्रियजनों के पास होती हैं और सासजी दक्षिण में गई थीं, जब कि उनके साथ कोई नहीं था। सास यह भी मान ही चकी हैं कि ससूर साहब उस समय दिल्ली में थे। इसलिए इसमें कोई रहस्य तो अवश्य है, पर वह रहस्य यही है कि ससुर साहब इसके लिए ज़िम्मेदार हैं और वही आशा के बाप हैं।

पर निर्मला ने यह भी ठीक ही कहा कि यदि वह ससुर साहब की लड़की होती तो अव्वल तो सास उसे घर पर नहीं रखतीं और किसी मजबूरी से रखती भी तो उसे उतना प्यार नहीं कर सकती थीं। निर्मला कुछ भी कहे, क्या पता। अपना देश तो वह देश है जहां पत्नी अपाहिज पति को अपने कन्धे पर रखकर गणिका के घर पहुंचाती है। सास उसी प्रकार की सतियों में हैं, इसलिए वे ऐसा कर सकती हैं। सम्भव है शुरू में कुछ मामूली प्रतिरोध रहा हो पर अब सोलह-सत्रह वर्ष के लम्बे अर्से की रगड़-घिस में वह मिट, घुल-पुछ गया हो।

उसने बार-बार टेलीफोन किया, तो पता लगा कि साहब कचहरी नहीं हैं, कहीं दौरे या मुआइने पर हैं। प्रश्न यह था कि क्या प्रेम अपने पिता की करनी स्वीकार करेगा। कोई भी पुत्र गैर से (इस मामले में पत्नी, चाहे वह कितनी भी प्रिय हो, शायद गैर ही है)अपने पिता का अपराध स्वीकार न करेगा, इसके अलावा वे तो बोर्डिंग में रहते थे, सम्भव है सारी गड़बड़ इस प्रकार से हुई हो कि प्रेम को कानोंकान खबर ही न हुई हो।

साथ ही मन में बार-बार यह भी सन्देह झांकता रहा कि क्या पता निर्मला ने प्रेम पर जो अभियोग लगाया हो, वही सच हो। इसके अलावा मां का सारा व्यवहार समझ में नहीं आता था। दुश्चरित्र शास्त्रकार ने स्त्रियों को जंजीर में बांधकर बहकाने के लिए अपाहिज पति को गणिका के घर पहुंचाने की कल्पना की है, नहीं तो वास्तविक जीवन में इस प्रकार की कोई स्त्री हो ही नहीं सकती। यह तो हो सकता है कि कोई पत्नी पति की किसी च्युति को क्षमा कर दे और उसे विस्मृति की चूहेवाली बिल में डाल दे, जैसे कुछ लोग गिरे हुए दांत को डालते हैं, पर यह सम्भव नहीं कि वह उस भूल की साक्षात् फसल को बन्दरिया-सी छाती से चिपकाए फिरे, यहां तक कि उससे प्यार करे।

कचहरी से ही प्रेम को यह मालूम हो चुका था कि उसकी पत्नी आई है और तभी से उसका दिल धड़कने लगा था। पता नहीं सरला फिर मिली कि नहीं मिली, और मिली तो उसने क्या कहा? वह घर आने में भरसक देर करता रहा, इस आशा से कि तब तक पानी कुछ थिरा जाएगा। कम से कम अप्रिय को जहां तक टाला जा सके, वहां तक तो टालेगा ही, फिर आगे देखा जाएगा। मां ने शादी कराकर सरासर गलती की, अब कहीं असली बात खुल गई तो फिर सारी ज़िन्दगी सन्देहों की शर-शय्या पर बीतेगी। एक बार तो उसने सोचा कि टेलीफोन पर कुछ सुराग ले, जैसे कड़छी डालकर हांडी में पकते हुए चावल का नमूना लिया जाता है, पर आलस्य और एक प्रकार के भय ने उसे रोका और वह जब रात आठ बजे के लगभग घर पहुंचा तो खाना तैयार था। वह मुंह-हाथ धोकर सीधे खाने की मेज़ पर पहुंच गया तो लखनऊ की बहुत-सी मिठाइयां आदि सजी हुई थीं। उसका मन कुछ आश्वस्त हुआ कि नीरजा मिठाई लाई है, तो इससे मालूम होता है कि वह बहुत कुपित नहीं है। वह कुशल-प्रश्न के बाद खाने-पीने में लग गया। बीच-बीच में जब नीरजा उसे नहीं देख रही थी, तब वह उसे देखता रहा कि चेहरे पर

कोई अशुभ चिह्न तो नहीं है?

खा-पी चुकने के बाद जब शयन-कक्ष में जाने का समय आया तो प्रेम को ऐसा लगा कि सब कुछ स्वाभाविक रूप से हुआ, खास बात नहीं थी, फिर भी कहीं कुछ चुभ-अटक रहा था। एक बार फिर उसके मन में ज़ोर का तूफान उठा और उसने यह निश्चय किया कि वह क्यों इस आग को सीने में छिपाए रहे जो उसे और उसके पारिवारिक जीवन को झुलसाए दे रही थी। उसने जो कुछ किया था, अपने अनजान में और अज्ञान में किया था, फिर उसे क्षमा क्यों नहीं मिलेगी? अवश्य मिलेगी और केवल क्षमा की बात नहीं है, यह तो एक साधारण समझ की बात है कि सरला ने उसपर एक तरह से ज़बर्दस्ती की। इसमें आशा बेचारी का क्या दोष है। यह तो मां की कृपा है कि उन्होंने उसे पाल लिया और अपने पास रखा, साथ ही सरला को कुछ नहीं कहा, शायद उससे इतनी ही प्रतिज्ञा ले ली हो कि तुम उत्तर में न आना।

प्रेम ने धीरे-धीरे कपड़े बदल लिए और एकाएक भर्राई हुई आवाज़ में बोला—देखो, मैं समझ रहा हूं कि हमारे तुम्हारे बीच एक जलता हुआ तकिया है, जिसके कारण हम एक-दूसरे से घुलमिल नहीं पा रहे हैं। मेरा तनिक भी दोष नहीं है, पर तुम मुझे दोषी समझ रही हो और इसके कारण हम दोनों का जीवन घुट रहा है। अब मैं चाहता हूं कि पूरी बात बता दूं। पहली बात तुम यह समझ लो कि मेरा कोई दोष नहीं है।...

अगले वाक्य में प्रेम खोलकर सारी बात बताने ही वाला था कि नीरजा ने उसको रोक लिया, बोली—मुझे और किसीसे मतलब नहीं है, मुझे तुमसे मतलब है। तुम आवेश में आकर गुरुजन की निन्दा मत करो। मैं तुमसे यह पाप नहीं करवाना चाहती।

कुशाग्र बुद्धि प्रेम यह समझ गया कि नीरजा कितना जानती है। फिर एक बार कछुए ने अपना सिर और टांगें भीतर की ओर समेट लीं और उसने अपने आवेश पर लगाम लगाकर उसे मोड़ दिया। बुरा तो

लगा कि देवतुल्य पिताजी के साथ अन्याय हो रहा है, पर पिताजी का कुछ बिगड़ता नहीं था। फिर सत्य के प्रकट होने से क्षमा भले ही मिल जाती, पर उसका सिर हमेशा के लिए नीरजा के सामने झुका ही रहता। बेवकूफी न तो अपराध है न पाप, पर बेवकूफी बेवकूफी तो है ही और यह बेवकूफी बहुत बड़ी और बुलन्द थी। उसने कहा—क्या फिर तुम्हारी सखी ने कुछ कहा?

जो कुछ कहा वह इतना विकट था कि वह उसे भुला देना चाहती थी। जल्दी से बोली—नहीं, नहीं, निर्मला आई ही नहीं, फिर उससे मेरी बात कैसे होती।

प्रेम ने गहरी सांस ली कि अलप टल गया। उसे बहुत खुशी हुई कि उसने आवेश में पूरी बात बता नहीं दी और जब तक गोल-मोल भूमिका चालू की उसीके अन्दर दूसरे शिविर का अता-पता मालूम हो गया और उसे सिमट जाने और पैर पीछे हटा लेने का मौका मिला।

7

उस रात के लिए तो समस्या सुलझ गई, क्योंकि पति-पत्नी एक-दूसरे के आलिंगन में बंध गए। पर जब दिन की रोशनी में बास्तविकता की पौ फिर फटी, तो प्रेम को ऐसा लगा कि जीवन अजीब तरीके से बिखर गया है। अपनी बचत होती है तो पिता के धवल यश पर धब्बा लगता है। बड़े ही दुःख की बात है। फिर आशा से अब उतना प्यार करना सम्भव नहीं है, क्योंकि वह जब भी घर जाएगा, तो पीछे-पीछे नीरजा भी परछाईं की तरह उसे अगोरती हुई चलेगी। उसके सामने सतर्क रहना पड़ेगा।

क्या इस सम्बन्ध में मां से कुछ खुलकर बातें की जाएं?

पर अब इतने सालों बाद बातें करना बहुत अटपटा लगता है। इस

सम्बन्ध में तो सारी ज़िन्दगी में कभी बातचीत हुई ही नहीं, अब कैसे बातचीत की जाए? यह तो मां से पूछ आई कि आशा का जन्म कहां हुआ था। उसी समय मौका था कि वह भी मां से साफ-साफ बातचीत कर लेता, पर वह मौका टल गया। निर्मला से सरला की फिर भेंट हुई तो नहीं, पर किसी भी समय हो सकती है। और पता नहीं सरला क्या कहे। तब की वह उतना बता चुकी, अब की वह शायद साथ आने को तैयार हो जाए। इस प्रकार एक अजीब परिस्थिति पैदा हो सकती है। मां से बात क्यों न की जाए? प्रेम को लगा कि मां ज़रूर कोई न कोई समाधान निकाल सकती है। यदि कोई निकाल सकता है, तो मां ही निकाल सकती है।

उसने सोचा दिल्ली जाना तो सम्भव नहीं होगा। ट्रंक काल से बात की जाए। दफ्तर से। घर से तो बात करना सम्भव ही नहीं है। वह यही सोचता रहा कि, कल बात करेगा, परसों बात करेगा, पर न तो वह कल ही आया और न परसों आया।

महीनों निकल गए और उधर से तार आ गया पिताजी का कि मां की हालत खराब है, चले जाओ।

जल्दी-जल्दी सब व्यवस्था हो गई और अगली ही गाड़ी से दोनों रवाना हो गए। नीरजा तो कह रही थी कि हवाई जहाज़ से चलो, पर टिकट नहीं मिला, इसलिए रेल पर ही जाना पड़ा। पिताजी ने प्रेम को अलग से बताया कि नीरजा के आने के बाद से मां की तबियत खराब रहने लगी थी। पहले वह गुमसुम रहती थी, फिर शरीर ने जवाब देना शुरू किया, दवा-दारू चलने लगी, पर कोई विशेष फायदा नहीं हुआ। तब से उसकी हालत बिगड़ती ही चली जा रही है। पिताजी ने यह भी बताया कि मां ने कहा था—'नीरजा को मत बुलाओ,' पर यह कैसे हो सकता था?

पुत्र पिता की बात समझ गया और पिता पुत्र की बात समझ गए, पर दोनों में से किसीने असली बात पर कुछ नहीं कहा, न असली समस्या पर ही कुछ विचार-विमर्श हुआ।

नीरजा का व्यवहार अद्भुत लगता था। वहां तो वह अच्छी-भली थी, पर यहां आते ही न मालूम उसके सिर पर कौन-सा भूत सवार हो गया कि लगता था कि वह हवा को सूंघती-कूदती हुई चलती है। आशा से तो अलग मिलना असम्भव ही नहीं था, पर बाप-बेटे में भी पहले-पहल आकर जो बातचीत हुई थी, उससे आगे फिर कभी बातचीत ही नहीं हो सकी। मां की शय्या के इर्द-गिर्द बातचीत होती थी, पर कभी कोई अन्तरंग बातचीत नहीं हो पाती थी।

आशा की परीक्षा बिलकुल पास थी, वह पढ़ने-लिखने में लगी रहती थी, इसलिए भाभी के प्रसाधन-द्रव्यों पर वह जो छापे डाला करती थी वे बन्द हो गए थे। प्रेम इससे खुश था, क्योंकि टकराव का एक बहुत बड़ा कारण लुप्त हो गया था। यह जानने के लिए प्रेम को ज्योतिषी होने की ज़रूरत नहीं थी कि नीरजा ने और सब आगों पर तो जैसे-तैसे राख डाल दी है, पर वह आशा से अब भी बहुत घृणा करती है।

रविवार का दिन था। डाक्टर आज नहीं आनेवाले थे। प्रेम अपने पिता के साथ मां की शय्या के साथ एक कुर्सी पर बैठा हुआ था। डाक्टरों ने कुछ स्पष्ट तो कहा नहीं था, पर उनके रंग-ढंग से मालूम होता था कि मां के बचने की आशा कम थी।

पिताजी भी यही समझते थे, पर प्रेम समझता था कि मां एक बार फिर रोगों पर विजयी होंगी और तब वह मौके से एक बार उनसे बात करेगा, अपनी पारिवारिक समस्या पर यानी आशा और नीरजा पर। मां के सारे शरीर में दर्द था और बुखार भी कभी आता था, कभी छूट जाता था। जब बुखार छूटता था, तब रोगिणी को कुछ राहत मिलती थी। उस समय वह सो रही थी, पर दवा के कारण।

एकाएक पिता और पुत्र दोनों चौंक पड़े। बगल के कमरे में नीरजा कह रही थी आशा से—तू नौकरानी की बेटी है, तेरी इतनी मजाल?

एक क्षण तक दोनों में से कोई नहीं बोला। बाप-बेटे दोनों सन्न रह गए और उन्हें ऐसा लगा कि मां ने भी इसे सुना और वह भी जैसे तड़प गई। और उसके फलस्वरूप उसके अन्दर कुछ तड़क गया।

अगले ही क्षण आशा तेजी से बोली—कौन नौकरानी? मां को तुम नौकरानी कहती हो?

नीरजा ने झुंझलाकर और पहले से अधिक गुस्से में कहा—तू मां की बेटी नहीं है, तू नौकरानी की बेटी है और मां ने तुझे पाला है।

आशा अब क्या कहती है यह सुनने के लिए बाप और बेटे में कौतूहल उत्पन्न हुआ, ऐसा तो नहीं कहना चाहिए, पर उन दोनों के कान खड़े हो गए, इतना सत्य है। दोनों को पसीना आ गया था। वे चाहते थे कि झगड़ा बन्द हो विशेषकर रोग-शय्या पर लेटी हुई मृदुला के लिए वे ऐसा चाहते थे, पर उनकी सारी ज्ञानेन्द्रियां कान में ही जाकर एकत्र हो गई थीं। वे इतने घबड़ा चुके थे कि उनके हाथ-पैर जैसे उन कुर्सियों से टंक गए थे जिनपर कि वे बैठे हुए थे।

कुछ पटका-पटकी का शब्द हुआ। पहले तो बाप बेटा-दोनों समझे कि मार-पीट हो रही है, पर जब उन्होंने आशा को जल्दी से इधर आते हुए देखा, तो वे समझ गए कि आशा ने अपनी पुरानी परिपाटी के अनुसार प्रसाधन की कोई शीशी उठाई होगी, जिसपर यह झगड़ा हुआ होगा और उसने यह शीशी पटक दी थी। आशा उत्तेजना में मांवाले कमरे के भीतर आई, पर कुछ समझकर भीतर चुपचाप घुसी और उसने बारी-बारी से बाप, मां और भाई को देखा और फिर उसने चुपचाप जाकर श्रीप्रकाश बाबू की गोद में सिर छिपा लिया। वह फफक-फफककर रोना चाहती थी, फिर भी मां की तरफ देख कर अपने को संवरण करती रही। पर उसके आंसू जारी थे, इसका पता श्रीप्रकाश बाबू को तब लगा जब कि उन्हें अपनी गोद पर कुछ गोली गर्मी मालूम हुई। वे आशा का सिर

सहलाते रहे, पर कुछ बोले नहीं और आशा के साथ धीरे-धीरे उठकर बाहर चले गए।

प्रेम वहीं पर मां के पास बैठा रहा। वह अब समझ रहा था कि नाटक अपने अन्तिम चरणों पर खड़ा है और यह चरण भी जल्दी ही कट जानेवाला है और पता नहीं इसके फलस्वरूप वह किसपर धड़ाके के साथ गिरे और उस धुंधलके से क्या-क्या चीज़ साबुत बचकर निकले और क्या-क्या चीज़ टूटकर छितरा जाए।

लग रहा था कि वह संसार में नितान्त एकाकी है। न उसका कोई संगी है, न कोई साथी, न बाप है न मां, न पत्नी है न बेटी।

वह कान लगाकर सुनने की चेष्टा कर रहा था कि उधर क्या हो रहा है, पर उठने का साहस नहीं हुआ, क्योंकि पता नहीं था कि ज़मीन के नीचे कहां-कहां माइन लगा था। इतने में उसने देखा कि मां के शरीर में कुछ हलचल हुई। वह सावधान होकर मां को देखने लगा, तो देखा कि मां ने अपना दाहिना हाथ कुछ उठा दिया है या उठाने की चेष्टा कर रही हैं। एक उंगली जैसे कुछ हिली। वह समझ गया और उसने हाथ में हाथ रखा। मां ने उस हाथ को रख लिया और थोड़ी ही देर में वह निश्चिन्त होकर फिर सो गई। एक बार प्रेम को डर लगा कि शायद सो नहीं रही हैं बल्कि अन्तिम निद्रा है, पर जब सांस नियमित रूप से उठने-गिरने लगी तो वह चुपचाप बैठ गया। उसने हाथ धीरे-धीरे हटा लिया और मां के कन्धे से हाथ छुआकर बैठ गया।

उधर श्रीप्रकाश बाबू आशा का हाथ पकड़कर बगल के कमरे में गए, तो वहां आशा ने बड़ी व्याकुलता के साथ पूछा—भाभी मुझे नौकरानी की बेटी क्यों कह रही हैं? क्या मैं मां की बेटी नहीं हूं?

श्रीप्रकाश बाबू ने सारा झगड़ा अपने कानों से सुना था, बोले—भाभी ऐसे कहती होगी। तुमने उनकी चीज़ क्यों ली? तुम्हें जिन-जिन चीजों ज़रूरत हो; उनकी सूची बना कर दो, फौरन आ जाएगी। यह

झगड़ा बहुत बार हो चुका।

आशा को अब चीज़ों के सम्बन्ध में कोई दिलचस्पी नहीं रह गई थी, उसने कहा—भाभी ने मुझे नौकरानी को बेटी क्यों कहा?

श्रीप्रकाश बाबू ने कहा—गुस्से में कह दिया होगा। गुस्से में कितनी ही बातें कही जाती हैं।

अब तक आशा धीरे-धीरे बातें कर रही थी, अब वह नाराज़ होकर बोली—क्या भाभी मां को नौकरानी कह सकती है? भैया तो कभी किसी चीज़ को मना नहीं करते और मां की बड़ी इज़्ज़त करते हैं।

श्रीप्रकाश बाबू को बहुत आश्चर्य था कि कैसे सारी बात खुल गई। वर्षों का गड़ा मुर्दा एकाएक कैसे उखड़ा और भूत बनकर सामने खड़ा कैसे हो गया? बोले—बेटी, गुस्से में लोग बहुत कुछ कह डालते हैं, तुम्हें इसपर इतना उत्तेजित नहीं होना चाहिए।

कहकर वे आशा के सिर पर हाथ फेरने लगे। उन्हें डर यह हो रहा था कि कहीं प्रेम ने ही किसी अंतरंग मुहूर्त में सारी बात स्वीकार तो नहीं कर ली, यदि कर ली है, तब तो बड़ी भारी उलझन पैदा हो गई आशा के लिए। यदि प्रेम ने कहा है, तो उसका प्रतिवाद भी नहीं हो सकता, क्योंकि जब मुलजिम खुद इकबाली है, तो वकील क्या झख मारे? इतना ही कह सकता है कि परिस्थिति ऐसी-ऐसी है, इस कारण यह क्षम्य है।

मृदुला भी इस समय प्राप्त नहीं है, बल्कि वह तो मृत्युशय्या पर है। वह तो डंके की चोट पर पीठ झाड़ कर जा रही है और गले में यह ढोल डाले जा रही है, अब जैसे भी बजाते बने बजाना पड़ेगा। श्रीप्रकाश ने उसी समय तय कर लिया कि कुछ भी हो आशा से कोई उन्हें अलग नहीं कर सकता और मैं किसी भी हालत में इसको अपने पास से जाने न दूंगा। बोले—बेटा, मां तो बहुत बीमार है, पर तुम्हारा-हमारा सम्बन्ध कोई तोड़ नहीं सकता।

आशा को इससे पूरा सन्तोष नहीं हुआ, बोली—क्या मैं नौकरानी

की बेटी हूं? आप पूरी बात बताइए।

श्रीप्रकाश बड़े असमंजस में पड़े। यदि प्रेम ने बता दिया है, तो उसका प्रतिवाद करना हास्यास्पद होगा, पर साथ ही प्रेम ने क्या कहा है, कितना माना है, यह बिना जाने कुछ प्रतिबद्ध होना ठीक न होगा, इसलिए वे एकाएक एक उपसंहार पर पहुंचते हुए बोले—तू हर्गिज़ नौकरानी की बेटी नहीं है। तू मेरा ही रक्त-मांस है, रहा यह कि तेरी मां ने यदि मुझे धोखा दिया है तो मैं नहीं कह सकता।

नीरजा शायद दरवाज़े की आड़ में सारी बातें सुन रही थी। वह एकाएक प्रकट होकर बोली—पिताजी, आप इसे क्यों भ्रम में डाल रहे हैं? सच्ची बात क्यों नहीं बता देते? मेरी एक सखी निर्मला दक्षिण में है, उसने पक्का पता पाया है कि आशा एक भिखमंगिन की लड़की है।

आशा ने नाराजी से कहा—अभी तो तुम कह रही थीं नौकरानी, अब कह रही हो भिखमंगिन?

—हां, वह पहले इस घर में नौकरानी थी, अब भिखमंगिन है। तुम उसकी बेटी हो।

श्रीप्रकाश कुछ आश्वस्त हुए, पर अधिक नहीं। तो प्रेम ने इकबाल नहीं किया है, बल्कि सरला से यह बात मालूम हुई है। श्रीप्रकाश को भी यह पता नहीं था कि सरला जीवित है या मृत है।

जब मृदुला आशा को लेकर आई थी, तो उन्होंने कुछ भी नहीं पूछा था। बस आशा को पाकर जैसे सब प्रश्नों का उत्तर मिल गया था। सरला को यहां तो लाना था नहीं, इसलिए वह जहां भी गई हो कोई फर्क नहीं पड़ता। फिर दीवार के भी कान होते हैं, जिस बात को मिट्टी के नीचे दबा देना है, उसे बार-बार कुरेदकर क्यों सूंघना। सरला को जाना था वह चली गई, आशा को आना था वह आ गई। बात यहीं खत्म हुई।

एक क्षण के अन्दर, जिस प्रकार बीज के अन्दर विशाल वृक्ष छिपा रहता है, उसी प्रकार से सरला के जीवन की सारी घटनाएं बाबू श्रीप्रकाश

की आंखों के सामने कौंध गईं। सरला को पहले-पहल कब देखा था? स्मृति तो यही बताती थी कि पहले-पहल उसे तब देखा था जब वह मृदुला के साथ आई और उन्होंने उसे उसकी बहन समझा था, यद्यपि ऐसा समझने का कोई कारण नहीं था, क्योंकि उन्हें अच्छी तरह पता था कि मृदुला के कोई सगी बहन नहीं है। फिर भी वह बहन लगी थी, अपने गोरे रंग और शान्त-शिष्ट, कुछ हद तक दमित व्यवहार के कारण। स्मृति तो यही बताती थी।

पर कुछ दिनों से ऐसा लगता था कि उसे उन्होंने पहले ही देखा था। जैसे स्वप्न में। अजीब बात है। सब गड़बड़ा गया था। स्वप्न और वास्तविकता, स्मृति और विस्मृति। सब इस प्रकार घुल-मिलकर अजीब आकारहीन लुगदी बन गए कि लगता था कि सरला को पहले ही देखा था। शायद ससुराल के नौकर-चाकरों में। तभी उसके चेहरे में कोई ऐसी बात लगी थी जिसने मानो यह बता दिया था कि यह भेंट उस प्रकार क्षणिक नहीं है जैसे हवा का झोंका अध खिले फूल का दामन छूकर चल देता है। उसी समय मन पर कुछ छाप पड़ गई थी कि भेंट रंग लानेवाली है।

कुछ ही दिनों से ऐसा लग रहा था। यह एक अजीब लक्षण था, जिससे छुटकारा पाना कठिन लगता था, उसी प्रकार से जैसे उन स्वप्नों से छुटकारा नहीं हुआ था, जब तक कि स्वप्न किसी न किसी रूप में सच्चा नहीं हो गया।

भले ही उसे देखा पहले हो, पर जब मृदुला ने उसे साथ में लाने की सफाई देते हुए कहा—पिताजी ने कहा, इसे लेती जाओ, बेचारी बालविधवा है, स्वयं सुख तो पा नहीं सकती, पर तुम्हें सुख देगी। इसलिए मैं ले आई। मेरे यहां इसकी कट जाएगी।

बाबू श्रीप्रकाश ने इसको कोई महत्त्व नहीं दिया था क्योंकि उन दिनों उनके पास फालतू समय नहीं था कि ऐसी छोटी-छोटी बातों पर सोचें। उन दिनों उनके सामने एक ही देवी थी—त-र-क्की। षोडश उपचारों से वे इसी देवी की दिन-रात आराधना कर रहे थे, निष्ठा के साथ। उस म्यान में

दूसरी तलवार की, यहां तक कि मृदुला के लिए भी बहुत थोड़ी गुंजाइश थी। इसलिए नौकर-चाकर के सम्बन्ध में सोचने या माथापच्ची करने का कोई प्रश्न नहीं था।

मृदुला उसे ले आई तो ले आई, कोई बात नहीं, बाबू श्रीप्रकाश ने उस तरफ ध्यान ही नहीं दिया था। प्रेम की वह खूब परिचर्या करती थी। प्रेम बचपन से ही उससे खूब हिल गया था, यहां तक कि मृदुला को कभी कहीं जाने-आने में असुविधा नहीं हुई। प्रेम उसकी देखभाल में रहता था और उसकी अच्छी देखभाल होती थी।

श्रीप्रकाश को तब सरला का अस्तित्व पहली बार ज़ोरों से मालूम हुआ, बल्कि अखरा जब कि वे स्वप्न देखने लगे, यहां तक कि वे उन स्वप्नों से घबड़ाकर हरिद्वार भाग गए। उसके बाद से तो कुछ दिनों तक सरला ही रही, और कोई नहीं रहा, फिर वह इतने वर्षों तक लुप्त हो गई थी। अब एकाएक नीरजा ने उस गड़े को उखाड़ा था। पता नहीं क्या होनेवाला था।

बाबू श्रीप्रकाश ने कहा—मैं जो बात अभी आशा से कह रहा था, उतनी ही तुमसे भी कह सकता हूं। यदि तुम्हारी मां ने अपना बच्चा किसीको दे दिया और उसके बदले दूसरे का बच्चा ले लिया, तो मैं कैसे जान सकता हूं। मैं तो यह भी नहीं कह सकता कि प्रेम बदला हुआ बच्चा नहीं है। मैं दोनों मौकों पर सौर के अन्दर मौजूद नहीं था जैसा कि इंग्लैण्ड की महारानी के बच्चे जनते समय होता है।

श्रीप्रकाश बाबू ने उतनी ही बात कही, जितनी कि वे कह सकते थे यानी जितनी बात अब तक ज्ञात तथ्यों में फिट बैठ सकती थी।

नीरजा हतबुद्धि हो गई, पर एक क्षण के लिए, फिर बोली—बेटी या तो आपकी है या उनकी, उस भिखमंगिन का तो कहना है कि उनकी बेटी है।

तो सरला ने सारी बात कह दी है। श्रीप्रकाश बाबू का दिल धक् से हुआ, लगा कि अब सांइया भी नहीं रक्षा कर सकते पर अगले मुहूर्त वे

सम्भलकर बोले—मैं तो यही जानता हूं कि यह मेरी बेटी है। क्या आशा बेटी की शक्ल-सूरत से तुम्हें यह नहीं लगता कि वह प्रेम के स्टाक की है? क्या दोनों भाई-बहन नहीं लगते?

नीरजा आज अन्तिम हद तक जाने के लिए तैयार थी। बोली—बेटी और बहन दोनों में कोई चेहरे के ख़याल से फर्क नहीं होता। उसका कहना तो है कि आशा आपकी पोती है न कि बेटी। इसके अलावा वह कहती है कि आशा उसीकी बेटी है न कि सासजी की।

श्रीप्रकाश बाबू ने देख लिया कि यह अन्तहीन तर्क चलता रहेगा इसलिए कुछ नाराजी के साथ बोले—किसी पगली ने क्या कह दिया, इससे हमें कोई मतलब नहीं। मैं आशा को अपनी बेटी करके ही जानता हूं, कोई वजह नहीं कि तुम्हारी सास दूसरे की बेटी बताएं और अपनी सन्तान छोड़ दें। नीरजा, तुम्हारी तबीयत ठीक नहीं है, घर में मृत्यु की छाया पड़ी हुई है और तुम ऐसी बातों में उलझकर समय खो रही हो। मुझे डर है कि तुम्हारी सास ने भी तुम्हारी कही हुई बातें कुछ हद तक सुन लीं। यदि सुन ली हैं, तो उससे उनकी मृत्यु करीब, और करीब आ जाएगी। आशा, आओ, तुम अब इसके कमरे में न जाना।

आशा और श्रीप्रकाश बाबू फिर रोगिणी के कमरे में गए, तो वहां मां और बेटा उसी तरह थे जैसा वे उन्हें छोड़ गए थे। आशा भी मां के पास बैठ गई और श्रीप्रकाश बाबू ने जब देखा कि मृदुला सो रही है, तो वे धीरे-धीरे उस कमरे से निकल गए।

वे अकेले में बैठकर सोचना चाहते थे। इसके अलावा बहुत देर से सिगरेट नहीं पी थी, इस कारण भी उन्हें अलग जाने की ज़रूरत थी। वे देखना तो नहीं चाहते थे पर जाते-जाते उन्होंने देखा कि नीरजा उसी प्रकार उत्तेजित है और अपने कमरे में सिंहनी की तरह इधर से उधर टहल रही है। यह स्पष्ट था कि अभी उसे सन्तोष नहीं हुआ था और वह आगे भी कुछ कहना चाह रही है।

एकाएक उनके मन पर फिर अतीत हावी हो गया और वे विचारों के छल्लों में खो गए। उसी ज़माने में उनकी आत्मा ने बहुत ही क्षीण स्वर में यह कहा था कि जब प्रेम और सरला में ऐसा हो ही गया और उसके फलस्वरूप संसार में एक तीसरा प्राणी आनेवाला है (अब तो पता लग गया था कि वह प्राणी बहुत ही मधुर और सुन्दर था) तो क्यों न इनकी शादी कर दी जाए। उम्र में फासला ही सही। पर आत्मा यह बात एक बार धीरे से फुसफुसाकर ही झेंप गई थी और पीछे हट गई थी, अपने साहस की अतिशयता पर। फिर वह नहीं उठी न कुछ बोली।

पर भीतर-भीतर यह बात धुधुआती रही कि यदि यह घटना एक बालविधवा नौकरानी के साथ न होकर किसी समकक्ष और समपर्याय घराने की बेटी के साथ होती, तो कम से कम पाश्चात्य नियमों के अनुसार उससे प्रेम की शादी कर दी जाती और इस प्रकार जो गलती थी उसे सुधारने की चेष्टा की जाती, पर जो कुछ हुआ था, उससे तो गलती का कुनबा बढ़ता ही गया था और अब तो ऐसी स्थिति बन गई थी कि न निगलते ही बनता था न उगलते ही बनता था। मृदुला ने प्रेम की शादी करके गलतियों पर जैसे चार चांद लगा दिए।

उस समय तो मालूम नहीं पड़ा था, पर अब जब कि फसल कटकर सामने आ रही थी तब मालूम हो रहा था कि बीज कितना भयानक था। उस समय वह बीज न बोते, तो अब यह फसल काटनी न पड़ती। नीरजा तो खोद-खोदकर वही बातें सामने ला रही है। पति-पत्नी का सम्बन्ध टूटा, सास-बहू का सम्बन्ध नष्ट हुआ और आज मुंह पर उसने कहा कि या तो आशा आपकी बेटी है या उनकी, दूसरे शब्दों में उसने साफ-साफ मुंह पर एक को व्यभिचारी कहा और दूसरे को व्यभिचार छिपाने के षड्यंत्र में मुजरिम करार दिया।

बाबू श्रीप्रकाश अपने विचारों में इस प्रकार खो गए थे कि जब

सिगरेट जलकर उनका हाथ जलाने लगी तभी वे एकाएक वास्तविक जगत में उतर आए। सिगरेट को राखदान में रखकर उन्होंने नई सिगरेट सुलगाई और रोगिणी के कमरे में बाहर से झांका। देखा प्रेम उसी प्रकार मां के सिरहाने बैठा है। उन्हें छूकर और आशा पैताने बैठी है। दोनों के चेहरे उतरे हुए हैं, पर साथ-साथ कुछ तनाव भी है जो अपना अलग अस्तित्व स्पष्ट दिखा रहा है, जिस तरह त्रिवेणी पर गंगा और जमुना का अस्तित्व अलग-अलग मालूम होता है।

इच्छा हुई कि वे भी भीतर जाएं, पर लगा कि सब व्यर्थ है। नीरजा ने जो कुछ कहा था और घर में जो स्थिति का गन्दा नाला लहरा रहा था, करीब-करीब घर को डुबा देने के लिए, उससे सारे संसार की व्यर्थता ही जान पड़ती थी। जीवन व्यर्थ है, सारे सम्बन्ध व्यर्थ हैं, मृत्यु भी व्यर्थ है। केवल सत्य है। वह भी पता नहीं कहां तक। यह धुएं का छल्ला, जिसे यहां रोगिणी के कमरे में अपने इर्द-गिर्द बनाकर उसमें छिप नहीं सकते, इस कारण वे लौटे। जिस प्रकार आहिस्ता से आए थे, उसी प्रकार आहिस्ता से अपने कमरे की तरफ बढ़े। उन्होंने अपने कमरे में जाकर (असल में उनका कमरा तो वही था जिसमें मृदुला थी, पर अब उन्होंने अतिथियोंवाला कमरा अपने लिए कर लिया था) फिर नई सिगरेट सुलगाई और धुएं के छल्लों के अन्दर चिन्ताओं को खोने की कोशिश करने लगे।

पर किसी तरह कोई बात भूलती नहीं थी। आज जो कुछ हुआ यह तो प्रत्यक्ष हुआ, पर अजीब बात यह है कि लगभग पन्द्रह साल पहले जो कुछ हुआ था, वह भी उतना ही प्रत्यक्ष जान पड़ रहा था। वह दिन स्पष्ट याद आ रहा था जब अपने ही स्वप्नों से उकताकर कमज़ोरी से भागने के उद्देश्य से वे हरिद्वार चले गए थे। वहां शांति नहीं मिली थी और लौटने पर उनका स्वागत इस तरह से किया गया था मानो वे कोई खौरहा कुत्ता हो। आज यह स्मरण कर आश्चर्य हो रहा था कि मृदुला

जो शायद कुछ ही घंटों की मेहमान है उस दिन उस तरह नाराज़ हो रही थी और उन्हें सताने पर तुली हुई थी। फिर बुलबुला फूटा। बाबू श्रीप्रकाश को हंसी आई। तब वही मृदुला जो शेरनी बनकर तड़प रही थी और ऊपर टूटने को तैयार थी, वह म्याऊं-म्याऊं करने लगी। फिर उसने साहसपूर्वक वह निर्णय किया जिसके लिए यह सारा सन्ताप आ पड़ा है।

श्रीप्रकाश बाबू मृदुला से नाराज़ नहीं थे और न उस निर्णय से नाराज थे, जो उस दिन लिया गया था। यदि मृदुला सचमुच चली जाए (विश्वास नहीं होता था) तो आशा के रूप में एक पतला-सा सहारा तो रहेगा। सिगरेट सहसा असहनीय हो गई। उन्होंने उसे बुझाते हुए ऐश ट्रे में डाल दिया, जो ऊपर तक भद्दे ढंग से भर चुकी थी और अपनी इस पूर्णता से घर में फैली हुई अव्यवस्था की चिल्ला-चिल्लाकर गवाही दे रही थी। वे उठे कि मृदुला के साथ जितनी भी घड़ियां बिताई जा सकें, बिता लें।

उठ ही रहे थे कि नीरजा आकर चुपचाप सामने की कुर्सी पर बैठ गई। यों तो श्रीप्रकाश बाबू उठकर चलने ही वाले थे, पर जब नीरजा आ गई, तो वे रुक गए। उन्होंने नीरजा को देखा तो वह पहले से अधिक उत्तेजित लगती थी, शायद उतनी उत्तेजित नहीं जितनी कि हतबुद्धि। मृदुला अपनी अन्तिम सांसें गिन रही थी और यह स्त्री गुप्त रहस्य का उद्घाटन करने में लगी हुई थी। वह सास की मृत्यु तक तो ठहर ही सकती थी।

श्रीप्रकाश बाबू एकाएक उठ खड़े हुए। और न चाहते हुए भी उनके स्वर में कुछ रुखाई आ ही गई। बोले—मुझसे तुम्हारा कोई काम है? मैं उस कमरे में जा रहा हूं।

नीरजा बोली—मैं अभी उस कमरे से आ रही हूं। माताजी सो रही हैं, आप बैठिए।

श्रीप्रकाश बाबू बैठ गए और अफसोस के साथ बुझी हुई सिगरेट की ओर देखने लगे, क्योंकि नई जलाने की प्रवृत्ति नहीं हो रही थी।

जीवन त्रिशंकु की तरह एक अजीब चौराहे पर लटक गया था, जहां से यह पता लगना तो दूर रहा कि कौन-सा रास्ता पकड़ना है, यह भी पता नहीं था कि किधर जाना है। शान्त होकर बोले—देखो, यदि तुम्हें इस बात का गम है कि आशा सम्पत्ति ले जाएगी, तो उसकी तुम चिन्ता न करो। मैं सारी सम्पत्ति प्रेम के नाम से लिख देने को तैयार हूं...

नीरजा ने प्रतिवाद करते हुए कहा—यही तो बात है जिससे मैं डर रही थी और इतने दिनों से जिस कारण चुप थी। मुझे सम्पत्ति की भूख नहीं है।

—फिर किस बात का झगड़ा है?

नीरजा ने अपने को कहते हुए पाया—किसी बात का झगड़ा नहीं है।

बाबू श्रीप्रकाश ने नीरजा को प्रश्नसूचक दृष्टि से देखा, तो वह बोली—मैं सिर्फ सत्य जानना चाहती हूं। मुझे और कोई दिलचस्पी नहीं है।

बाबू श्रीप्रकाश ने बिना समझे हुए कि वे क्या कर रहे हैं, अपने को मानो सशस्त्र करने के लिए यन्त्रचालित की तरह सिगरेट सुलगा ली। थोड़ी देर तक छल्लों की सृष्टि करते रहे मानो उनसे अनुप्रेरणा ले रहे हों, फिर बोले— क्या तुम्हें इसका प्रमाण मिल गया कि मुझमें और तुम्हारी सास में विवाह हुआ है? क्या तुम्हें इसका प्रमाण मिला कि प्रेम नौकरानी का लड़का नहीं है? फिर यह तो तुम नहीं कह सकतीं कि सारी बातें तुम्हें मालूम हो गईं इसलिए सुख इसीमें है कि तुम व्यर्थ में अपने ऊपर विपत्ति के पहाड़ को न बुलाओ। यों ही बहुत विपत्तियां आती हैं, देखो, तुम्हारी सास...

आगे पता नहीं वे क्या कहते कि इतने में उन्होंने और साथ ही नीरजा ने देखा कि प्रेम दरवाज़े पर खड़ा है। श्रीप्रकाश बाबू को एक क्षण के लिए ऐसा लगा जैसे प्रेम उतना ही बड़ा है, जब वे उसे बिना कुछ बोले

बोर्डिंग में भरती कराने के लिए ले गए थे। बोले तुम्हारी मां ठीक है?—कहकर उन्होंने सिगरेट राखदान पर रख दी, पर अब की बार बुझाकर नहीं। उससे बारीक धुंए के छल्ले चलने लगे, क्योंकि हवा कुछ तेज़ थी।

प्रेम ने कहा—मां सो रही हैं और आशा बगल में बैठी है। दवा का अभी टाइम नहीं हुआ है।—कहकर उसने अपनी बात की सत्यता को जांचने के लिए घड़ी पर उड़ती हुई सतर्क दृष्टि डाली।

वह भी एक कुर्सी पर बैठ गया, फिर एकाएक बोला—बाबूजी, मैं ही सारी विपत्तियों की जड़ हूं, इसलिए मुझे आज साफ-साफ बात कर लेने दीजिए। मैं पूरी बात खोलकर बताता हूं, कुछ भी नहीं छिपाऊंगा। पूरी बात जानने पर शायद सबके लिए परिस्थिति आसान हो जाए, कम से कम किसी भिखमंगिन के बयान की ज़रूरत नहीं पड़ेगी।

बाबू श्रीप्रकाश को लगा कि ऐसी कोई बात होने जा रही है जिसकी सम्भावनाएं अज्ञात, अनन्त और विस्फोटक हैं। पता नहीं उस अणुबम के बाद क्या रहे और क्या बहे। उन्होंने जलती हुई सिगरेट को एक कवच की तरह उठा लिया कि विस्फोटन के बाद छल्लों के अन्दर छिपने का मौका तो मिलेगा। आत्मसमर्पण की इस मनोदशा में भी उन्होंने कहा—मुझे नहीं मालूम...

कहकर वे रुक गए क्योंकि आगे वाक्य कुछ बनता नहीं दिखाई पड़ा।

प्रेम ने बारी-बारी से पिता और पत्नी को देखा और मुंह खोलने ही वाला था कि उसे लगा कि मां उसे बुला रही हैं, बहुत व्याकुलता के साथ-साथ वह दौड़ पड़ा, साथ-साथ बाबू श्रीप्रकाश सिगरेट को राखदान में डालना भूलकर उंगलियों में दाबे हुए ही उठ पड़े और नीरजा सबसे पीछे सकुचाई हुई दौड़ पड़ी।

जब तीनों रोगिणी के कमरे में पहुंचे, तो वहां सन्नाटा था। प्रेम ने आशा से पूछा—मां ने मुझे बुलाया?

आशा आश्चर्य के साथ बोली—नहीं तो, वे तब से सो ही रही है।

सबमें परस्पर दृष्टि-विनिमय हुआ, जिसमें आश्चर्य, भय, रहस्य, पता नहीं कितने तत्त्व थे। सब लोग चुपचाप मां की उठती-गिरती सांसों को जैसे गिनने लगे। प्रेम पैर के पास बैठ गया। इस आशा से कि जो दो कुर्सियां हैं उनमें एक में पिताजी और एक में नीरजा बैठ जाएगी। बाबू श्रीप्रकाश तो बैठ गए, पर नीरजा नहीं बैठी। उसने गत कुछ घंटों में जो कुछ किया था, उससे वह अपने को बिलकुल इस वृत्त के बाहर पा रही थी, फिर भी सामने मां को पड़ी देखकर और सब लोगों के चेहरों पर मृत्यु की छाया देखकर वह स्तब्ध रही। फिर भी बैठ न सकी। श्रीप्रकाश बाबू ने जब यह देखा कि मैं रोगिणी के कमरे में सिगरेट पी रहा हूं, तो उन्होंने धीरे से बल्कि चोरी से, जितनी कि वहां सम्भव थी, सिगरेट को ज़मीन पर रगड़कर बुझा दिया और फिर बाकी हिस्से को कहीं फेंकने का मौका न पाकर अपनी जेब में रख लिया।

मां के पैताने एक तरफ आशा और दूसरी तरफ प्रेम बैठा था। नीरजा ने दोनों को इस हालत में देखा तो उसे एक बार ऐसा लगा कि उसके सारे सन्देह दूर हो गए, लगा कि निर्मला ने ईर्ष्यावश झूठ बोला है। पर साथ ही फौरन याद आया कि आशा का जन्म दक्षिण में क्यों हुआ। यह तो बहुत ही अस्वाभाविक था। इसमें कोई तुक नहीं थी और किसी भी तरह इसकी कोई व्याख्या नहीं की जा सकती सिवा इसके कि कोई गहरी बात छिपाई गई। बात केवल इतनी नहीं हो सकती थी कि आशा उस भिखमंगिन की बेटी है और मां ने उसे पाल लिया। यह काम तो यहां भी हो सकता था। इसके लिए सुदूर दक्षिण में जाने की ज़रूरत क्या थी?

मां सो रही थीं। पर सोते-सोते बीच-बीच में जैसे कहीं कुछ अटक रहा था और जब अटक रहा था तो मालूम होता था जैसे इसी अटकाव में सब कुछ समाप्त हो जाएगा। डाक्टर ने कहा था, इस प्रकार के अटकाव

होंगे, उनसे घबड़ाना नहीं चाहिए, दवा दी गई है। पर उसके कहने का मतलब बाबू श्रीप्रकाश समझ गए थे।

जब अटकाव आता था तब सब लोग संत्रस्त हो जाते थे, फिर जब सांस ठीक से चलने लगती थी, तब सब लोग निश्चिन्त हो जाते थे, पर उनके चेहरे पर ज्वार का गन्दा पानी बना रहता था और हर बार यह पानी और गंदला होता जा रहा था, यहां तक कि चेहरा दिखाई नहीं देता था। नीरजा को भी ऐसा लग रहा था कि इस समय वह बात उठाकर उसने अच्छा नहीं किया। पर वह लड़की ऐसी जिद्दी निकली कि चेहरे पर उतना कीमती प्रलेप पोते ही जा रही थी, पोते ही जा रही थी। मान नहीं रही थी। किस मुसीबत से उसे कलकत्ता से प्राप्त किया था और वह उसे ऐसे खर्च रही थी मानो वह कोई बहुत मामूली चीज़ हो। इसलिए धीरज का बांध टूट गया और निर्मला द्वारा बताई हुई बात सामने आ गई।

मां ने एकाएक आंखें खोल दीं। प्रेम से ही पहले मृदुला की आंखें चार हुईं। फिर दृष्टि आशा पर जमी। स्पष्ट मालूम हुआ कि मां को कष्ट है। प्रेम कुछ पूछने ही वाला था कि मां ने फिर आंखें बन्द कर लीं। बाबू श्रीप्रकाश हड़बड़ाकर खड़े हो गए और बोले—दवा दे दो।

डाक्टर की यह हिदायत थी कि नींद से जगाकर दवा न दी जाए। पर जगते ही दवा दी जाए। उसीकी उन्होंने याद दिलाई। प्रेम ने दवा की पुड़िया उठाई और मां को पुकारकर बोला—मां, दवा ले लो।

मां ने फिर आंख खोल दी। प्रेम को दवा लेकर खड़ा देखकर जैसे वह कुछ सोचती रही, फिर बोली—मेरी आशा कहां है? वह दवा देगी।

सब लोग समझ गए कि मां ने सारी बात सुन ली थी और यह उसीका उत्तर है। सबके चेहरे तन गए। आशा सामने आकर प्रेम के हाथ से दवा लेती हुई बोली—मां, मैं यह रही, दवा ले लो।

मां का शरीर तप रहा था। इतना तप रहा था कि उसके शरीर की पांच-छ: इंच की दूरी पर आते ही पता लगता था कि वह तप रही है। आंखों में जाने कैसी अनैहिकता आ गई थी। आशा ने दवा दी और साथ ही टोंटीवाले फीडिंग कप से एक घूंट पानी दिया। दवा शायद कड़वी थी। मां ने मुंह बिचका लिया।

फौरन ही शायद दवा का असर शुरू हो गया और आंखें मुंदने लगीं, पर मां ने प्रतिरोध किया और एक मिनट के अन्दर ही जैसे अपने प्रतिरोध में सफल होकर बोली—नीरा किधर है?

मां हमेशा नीरजा को नीरा ही कहती थी।

नीरजा सामने आई, तो मां ने कहा—पता नहीं तुमको कैसे वहम हो गया। आशा मेरी ही हाड़-मांस और मेरी ही बेटी है...

प्रेम ने रोककर कहा—तुम पहले अच्छी हो जाओ फिर बात करना।

पर मां नहीं मानी। उसने प्रेम को स्नेह के साथ देखा, फिर आशा को देखा और अपना बायां हाथ कुछ हद तक उठाने की चेष्टा की। बाबू श्रीप्रकाश समझ गए और उन्होंने लपककर वह हाथ पकड़ लिया। मां बोली—मैंने किसीको नहीं बताया। ज्योतिषी ने कहा था कि मेरे मरा बच्चा पैदा होगा, इसलिए मैंने सरला को राजी किया जो उन्हीं दिनों गर्भवती थी और हिसाब लगाकर देखा कि हफ्ते-दो हफ्ते का फर्क हो सकता है। उसने बच्चा बदलना स्वीकार किया था, पर मुझे उसकी ज़रूरत ही नहीं पड़ी। ज्योतिषी की बात सच निकली, पर हुआ यह कि सरला का बच्चा मर गया और मेरी बच्ची आशा जीवित रही...

मृदुला ने सारी बातें बहुत आयास से कहीं, रुकते-रुकते, जैसे बहुत कष्ट हो रहा हो, फिर भी एक कष्टकर कर्तव्य कर रही हो, जिसे बिना किए उसकी आत्मा छटपटाती। ऐसा लगा कि प्रत्येक शब्द के साथ जैसे रक्त की कुछ बूंदें पानी बनती जा रही हों और दुर्बल मशीन और भी दुर्बल हो गई हो। मां ने आंखें मूंद ली थीं और मृत्यु के साथ फिर वह रस्साकशी

शुरू हो गई थी, जो पहले जारी थी। बीच-बीच में अटकाव आ रहा था जैसे स्टेशन आ रहे हों, पर फिर शक्ति बटोरकर जीवन की गाड़ी झक्-झक् करती हुई आगे निकलती जा रही थी। यह स्पष्ट लग रहा था कि अब इंजन बहुत दुर्बल हो गया है। उसका दम फूल चुका है और अब वह उस स्टेशन पर पहुंचनेवाला है, जिसके बाद कोई स्टेशन नहीं होता। उसी समय डाक्टर आया। सब लोग खड़े तो थे ही, अब डाक्टर को ध्यान से देखने लगे।

डाक्टर ने रोगिणी का चेहरा देखा और उसके चेहरे पर असहायता का पुचाड़ा फिर गया। उसपर जितना रंग चढ़ा, उससे सौ गुना रंग दूसरों के चेहरे पर चढ़ गया। सब समझ गए कि अन्तिम घड़ी बहुत निकट है।

डाक्टर ने कर्तव्य की दृष्टि से अपने बैग से एक इंजेक्शन निकाला और लगा दिया, फिर किसी विशेष व्यक्ति की तरफ रुख न करके बोला—आप लोगों ने रोगिणी को विशेष उत्तेजित कर दिया...

किसीने सफाई में कुछ नहीं कहा और न किसीने दोष स्वीकार ही किया। डाक्टर ने एक बार रोगिणी की नाड़ी देखी, फिर उसके साथ मिलाकर अपनी घड़ी देखी, फिर उसने बाबू श्रीप्रकाश से इंगित किया जो वही समझ पाए और दोनों साथ-साथ बाहर निकल गए।

सब लोग समझ गए कि डाक्टर गृहपति को क्यों ले गए, पर कोई कुछ बोला नहीं। सब बुत की तरह खड़े रहे। मां के चेहरे पर मृत्यु धीरे-धीरे अपनी मनहूस परछाईं का विस्तार करती जा रही थी। एकाएक अटकाव हुआ, बहुत ज़ोर का, इतने ज़ोर का कि मां हिल और दहल गईं और सब समाप्त हो गया।

थोड़ी देर में रिश्तेदार-नातेदार सब आ गए और मृतक संस्कार के सारे कार्य शुरू हुए जो कई दिनों तक चालू रहे।

जब सारी बातों से छुट्टी हो गई, बाबू श्रीप्रकाश ने आशा के साथ

तीर्थयात्रा में जाने का कार्यक्रम बनाया और प्रेम ने नीरजा के साथ अपने कार्यस्थल कानपुर में जाने की तैयारी कर ली, तब बेटे ने बाप को थोड़ी देर अलग पाकर कहा—मैं बड़ा हतभाग्य हूं कि मां को मरते समय मेरे लिए झूठ बोलना पड़ा।

श्रीप्रकाश बाबू तब से बराबर गम्भीर ही थे। एक बार भी ढंग से बोले नहीं थे। लगता था जैसे पत्नी की मृत्यु के साथ-साथ उनके जीवन की लौ बुझ चुकी है और केवल कंकालमात्र रह गया है। वे बड़े ज़ोर से हंसे और बोले—अरे पगले, वह जो बोली वही अन्तिम सत्य है। उससे आगे और कोई सत्य नहीं है। आशा, ओ आशा!—कहकर बाबू श्रीप्रकाश ने बड़े ज़ोर से पुकारा।

प्रेम ने अपने पिता की ओर बड़े ध्यान से देखा, पर वह समझ नहीं सका कि असली सत्य क्या है। बस इतना उसे मालूम हुआ कि उसका हृदय एक मधुर रस से आप्लुत हो रहा था। श्रीप्रकाश बाबू आशा के सिर पर जल्दी-जल्दी हाथ फेर रहे थे जैसे मानो वह कोई छोटी बच्ची हो।

ooo

काठ की हांडी

[कहानी]

सुशील पहलगाम पहुंचकर अवाक् रह गया। उसे लगा कि वह स्वप्न देख रहा है।

उसने इसके सम्बन्ध में जितने वर्णन सुने थे, वे वास्तविकता के सामने बिल्कुल बचकाने प्रयास लगने लगे। जैसे लेखकों ने बौने होते हुए भी चांद पकड़ने की कोशिश की हो। चारों तरफ बरफ के मुकुट पहने हुए पहाड़, जो धूप में चांदी की तरह चमचमाते हैं, आत्मा तक ठंडक पहुंचानेवाली शीतल वायु, लिद्दर की खिलखिलाती और कहीं चट्टान से टकराकर बिलबिलाती कल-कल ध्वनि और चीड़ के हर तरह के व्यूह। इन्हीं चीड़ वनों की आड़ में कुछ शर्माते हुए मकान, तम्बू, दूकानें, पहाड़ों से घिरा हुआ प्रकृति का एक सुन्दर जाम जिसमें वह छलकती हुई शराब पीती है, सौन्दर्य की।

यही था पहलगाम। उसे बहुत ही अच्छा लगा और उस अज्ञात कवि की पंक्तियां याद आईं कि ऐसे में यदि मर जाएं तो अच्छा है।

सुशील को बहुत दिनों बाद ऐसी अनिर्वचनीय शान्ति मिली कि मन हुआ कि यहीं रह जाए। दो-चार दिनों तक वह इतना खोया-खोया-सा रहा कि लालची तम्बूवाले, घोड़ेवाले उसे बराबर पार्थिव जगत् की ओर खींचते रहे और उसकी जेबें खाली करते रहे, पर उसे पता ही नहीं लगा कि वह जिस कमरे में ठहरा हुआ था, ठीक उसीके ऊपरवाले कमरे में एक जोड़ी भी ठहरी हुई थी। पहले उसने पत्नी को देखा। युवती, छरहरी, अंग-अंग अलसाया हुआ, जैसा कि नवविवाहिता में होना चाहिए, विशेषकर वह

नवविवाहिता जो अपने पति के साथ हनीमून मनाने आई है। काश्मीर में इन दिनों कितने ही ऐसे जोड़े थे जो अपने मन की लाली को यहां प्राकाश की लाली से और गहरी करने के लिए आए हुए थे। पठानकोट के बसस्टैण्ड से वह यही रंग सर्वत्र देखता चला आ रहा था। इनको देखकर उसके मन में व्यंग्यभरी तटस्थता की परतें ही पड़ती रहीं, कभी ईर्ष्या नहीं हुई, यद्यपि वह स्वयं जवान होते हुए भी अविवाहित था। ये लोग काश्मीर केवल घर से दूर भागने के लिए आते थे, इनमें से अधिकांश में प्रकृति के प्रति तो कोई प्रेम नहीं था, पर घर से दूर होना भी कुछ अर्थ रखता था, इस नाते ठीक ही था, परन्तु अपने को क्या लेना-देना?

वह ऊपर बसी हुई तरुणी के सम्बन्ध में भूल गया। कम से कम भुलाने की चेष्टा की। यद्यपि उसकी आंखें बड़ी कटीली थीं और चार आंखें होते ही वह चेहरे को इस फोटोजेनिक कोण से कर लेती थी कि लगता था हृत्पिंड के अन्दर एकाएक उतर गया, जैसे मक्खन के अन्दर गरम छुरी उतर जाती है। उसने ऐसे जोड़े कई देखेथेऔर स्वयं काश्मीर के लोग कौन बुरे थे। श्रीनगर के जजीरानुमा नेहरू पार्क में ऐसे कितने ही चेहरे चारों तरफ पहाड़ियों और चीड़ की कतारों के साथ-साथ दिल की गहराइयों में उतरे और खो गए थे।

उस दिन सुशील ने शिकारगाह का कार्यक्रम बनाया। एक लाठी लेकर वह लाल पुल पार करके चल पड़ा। कन्धे पर एक झोला था, जिसमें कुछ खाद्य पदार्थ थे। इस झोले पर सुशील कई बार मन ही मनहंसता था कि जा तो रहे हैं प्रकृति के सौन्दर्य का जायका लेने और साथ में ले चलते हैं बिस्कुट, जैम, जेली, डबलरोटी का बोझ। यह संसार शायद ऐसा ही है। मानव की सारी संस्कृति और सौन्दर्ययात्रा की यही तो ट्रेजडी है। शरीर की भूखें परछाईं की तरह पीछे-पीछे डोलती हैं।

जंगलों में बसे हुए छिटपुट बंगलों को पार करते हुए चीड़ वनों को काटते हुए, कभी लीक खोते हुए और फिर उसे या तो स्वयं या पीछे

से वोड़े पर आनेवाले किसी यात्री के घोड़ेवालों से उसे पुनः प्राप्त करते हुए वह चलता रहा। फेफड़ों से शहर का कोयला,पेट्रोल, धूल बिलकुल निकल चुकी थी और अब सांस और पसीने से भी चीड़ की आदिम पहाड़ी-पहाड़ी गंध आ रही थी। वह खूब गहरी सांसें ले रहा था, ताकि प्रकृति जिस कार्य को कर रही थी वह और द्रुत हो। बरावर चढ़ाई थी, पर बीच-बीच में छोटे-छोटे मैदान आते थे, जिनपर कई बार वह यात्रियों को विश्राम करते, खाते-पीते हुए देखता रहा।

ये यात्री इतना खाते-पीते क्यों हैं? अभी तो खाकर चले होंगे। पर यही शायद सफर का लुत्फ है। अजीब लुत्फ।

वह इन्हीं दिनों इस रास्ते कई बार आ चुका था। पहली बार तो घोड़े पर आया था, फिर समझ गया था कि इतनी दूर आने के लिए घोड़े पर आने की कोई ज़रूरत नहीं, बच्चों और स्त्रियों की बात और है। घोड़े तो प्रकृति में खप जाते हैं, पर ये घोड़ेवाले। वे तो प्रकृति से बाहर की चीज़ें याद दिलाते हैं।

लोग तो शिकारगाह में बरफ तक पहुंचना ही गनीमत समझते थे। पहली बरफ मिली कि वे रुक गए। वहीं खाने-पीने, गप मारने बैठ गए, पर सुशील नाले के किनारे-किनारे पत्थरों और छोटी चट्टानों को लांघते हुए बहुत दूर तक चला गया, जहां तक कि उससे जाया गया। बरफ की निकटता और ठंडक के कारण थकावट पास नहीं फटक पा रही थी। सांस ही से पूरी खूराक मिल जाती थी, फिर भी वह जब-तब झुककर बरफ का एक टुकड़ा मुंह में डाल लेता था ताकि यह तो लगे कि वह बरफ के देश में है जहां झुकते ही बरफ का स्पर्श त्वचा को मिल जाता है। वह बहुत दूर निकल गया था, वहां तक, जहां से कि वह नाला एकाएक मोड़ ले लेता था, इसी नाले से होकर बरफ के पानी की छोटी-सी धारा बहती थी।

वहां तक वह बिना सोचे-समझे निकल गया था, पर जब ऐन मोड़ पर खड़े होकर उसने नीचे की तरफ देखा और फिर एक बार उस तरफ

देखा जिधर से नाला मुड़कर आया था, तो उसके मन में एकाकित्व,बल्कि भय की भावना जागी। वह कुछ देर तक बिना कुछ सोचे-समझे बैठा रहा फिर नीचे की तरफ चल पड़ा। यदि कोई साथी होता तो वह अवश्य और आगे जाता, पर जैसा कि वह था, अकेला आगे जाना उचित नहीं लगा। फिर आगे रास्ता भी नहीं था। रास्ता तो यहां तक भी नहीं था, पर किसी तरह गिरते-पड़ते, एक पत्थर से दूसरे पत्थर पर कूदते, बीच में एकाध बार पानी लांघते आया था, पर उधर तो जैसे चूरा बरफ ढका पड़ा था, जिसपर पैर रखे कि धंसे-फिसले।

फिर भी लोटते हुए उसे खुशी नहीं हुई। पर वह लौटा और वहां पहुंचा जहां तक सब मामूली यात्री जाते थे। उसने दूर से देखा कि एक जोड़ी बैठी है, पर उसे घोड़ा एक ही दिखाई पड़ा। शायद किसी चट्टान की आड़ में दूसरा घोड़ा घास खा रहा होगा। साथ में घोड़ेवाले भी तो होंगे। या यह भी तो हो सकता है कि केवल स्त्री के लिए ही घोड़ा हो, मर्द पैदल आया हो, जैसा कि बहुधा होता है। या बारी-बारी से भी चढ़ते हैं।

वह बिल्कुल पास आ गया तो उसे आश्चर्य हुआकि यह तो वही तरुणी है, जिसकी झलक उसने कई बार देखी थी पर आज सुबह जिसे उसने लिद्दर के किनारे एक जलपरी की तरह दूर पहाड़ के माथे की चांदी की ओर टकटकी लगाए लोभातुर दष्टि से घूरते देखा था। उसे पास आते देखकर दोनों यानी वह युवती और उसका पति, उठ पड़े, जैसे खाने में मक्खी पड़ जाने से रस-भंग हो गया हो।

अभी तक सुशील लगभग एक फर्लांग की दूरी पर था। वह और पास आया तो उसने देखा कि घोड़ेवाले कहीं से प्रकट हो गए। बात की बात में घोड़े की जीनें कस दी गईं और दोनों उसपर सवार हो गए। इसी समय सुशील ने पहली बार पति महोदय की झलक पाई, तो उसे एक धक्का-सा लगा। क्या यह भ्रम था? उसने कदम तेज किया और अब तेज़ करना सम्भव ही था क्योंकि अब एक पत्थर से दूसरे पत्थर

पर कूदते हुए चलना बन्द हो चुका था, अब रास्ता करीब-करीब साफ था। वे दोनों घोड़े पर चढ़ चुके थे और घोड़ेवाला हाथ में चीड़ की पतली टहनियां लेकर तैयार हो चुका था। इस समय सुशील ने पति महोदय को अपेक्षाकृत पास से देखा, तो चेहरे पर झुर्रियां पड़ी हुई थीं, यद्यपि उम्र छिपाने की सब तरह की चेष्टा थी, फिर भी वे किसी तरह पचास-पचपन से कम के नहीं हो सकते, शायद उससे भी अधिक उम्र के हों, क्योंकि यह काश्मीर है जहां आते ही सब अपनी उम्र से छोटे-छोटे लगने लगते हैं।

प्रकृति में गोते लगाते-लगाते मन पर शान्ति की जो परत पड़ गई थी, उसमें सहसा दरार पड़ गई। लड़की तो पढ़ी-लिखी मालूम होती थी, पर उसने इस खूसट से शादी कैसे कर ली है। कर ली होगी, क्योंकि हमारी समाज-पद्धति ही ऐसी अद्भुत है। इसमें रुपये का सिक्का ही चलता है। न तो कोई उम्र देखता है और न कोई और कुछ देखता है, सब पैसा देखते हैं। न पृथ्वी सूर्य के चारों ओर घूमती है और न चन्द्र पृथ्वी के चारों ओर घूमता है, सारा संसार उन्हीं रौप्य और ताम्रखण्ड के चारों ओर घूमता है, जिन्हें रुपया-पैसा कहते हैं।

वह वहीं पर रुक गया और उसने निकालकर बिस्कुट आदि खाना शुरू किया। उस तरुणी के वृद्ध पति को देखकर उसके दिल पर इतनी चोट लगी थी कि न उसे यह पता लगा कि वह क्या खा रहा है और न उसे एक बार भी यह ख्याल आया कि वह जिस नन्हे-से मैदान में बैठकर खाना खा रहा था वह इतना रमणीक है कि रात को शायद देवशिशु आकर उसपर खेलते या नृत्य करते हों।

उसका मन कड़वेपन से भरा रहा कि देश में शिक्षा तो बढ़ रही है पर धन का दबाव उससे अधिक अनुपात में बढ़ता जा रहा है, इससे उसके पिताजी ने एक धनी की लड़की से शादी करने के लिए कहा था, पर उस लड़की के होंठ मोटे थे, चेहरे पर सांप की खाल जैसी निश्चल चमक थी,

इसलिए उसने उससे शादी नहीं की थी। दूसरे लोग तो यहां हनीमून के लिए आते हैं, पर वह काश्मीर में पिता के क्रोध से भागकर शरणार्थी बनकर आया था।

पिता ने अल्टीमेटम दिया था-यदि तुम्हें आवारा बनना है, तो मैं यही समझूंगा कि मेरे कोई बेटा है ही नहीं।

अपनी जान में सुशील ने बहुत अधिक नैतिक साहस दिखलाया था। आराम की ज़िन्दगी, पिता और हो सकनेवाले श्वसुर की छत्र-छाया, सब छोड़कर वह काश्मीर में आया था और उसे बड़ी शान्ति मिली थी, पर इस जोड़ी को देखकर उसके मन की शान्ति बिल्कूल छिन्न-भिन्न हो गई। वह यह तो नहीं समझता था कि चूंकि उसने दुनिया में सत्य का बीड़ा उठाया है, इसलिए सभी लोग उठाएंगे, पर एक हद तो होनी ही चाहिए। यह तो समझ में आता है कि उस खूसट ने रुपयों के प्रभाव से शादी कर ली, यह भी समझ में आता है कि बुढ़भस के कारण वह हनीमून मनाने आया है, गोकि उसे तो अब लोगों के कन्धों पर सवार होकर 'राम-नाम सत्य है' की यात्रा करनी चाहिए थी, पर यह समझ में नहीं आया कि वह लड़की क्यों खुश है? वह तो खुशी से फटी पड़ रही थी, जैसे फूल टहनी पर अभी-अभी खिला हो। शोषक तो शोषण करेंगे ही, यह तो उनका स्वभाव है, पर शोषित न केवल हाथ बटाए, बल्कि उससे प्रफुल्ल हो और यह समझे कि वह कृतकृत्य हो गया, यह बहुत अजीब बात है।

उसने खाना खाया और बाकी खाना पास ही खड़े एक दूर से दुम हिलाते हुए कुत्ते को दे दिया। यह कुत्ता शायद पड़ोस के गुज्जरों की बस्ती का था। दूध-घी खाते-खाते ऊब गया होगा, इसलिए शहरी माल चखने के लिए यात्रियों के इस अड्डे पर आता था। सुशील ने देखा कि वह कुत्ता नहीं कुतिया है। उसे लगा कि यह उस युवती का प्रतीक है जो अभी यहां से गई है। सोचकर उसको हंसी आई। वह उठ खड़ा हुआ। कुतिया अभी कागज़ पर लगी हुई जेली चाट रही थी। सुशील ने एकाएक हाथ का डंडा

छोड़कर उसे मारा। वह उसे लगा नहीं, पर कुतिया किनकिनाती हुई भाग गई। सुशील ने जाकर डण्डा उठा लिया और खाली झोला कन्धे पर लिए हुए रवाना हो गया। उसका मन भी खाली हो रहा था।

रास्ते-भर वह प्रकृति के प्रति उदासीन रहा। न चीड़ों के वन की ओर उसका ध्यान गया, न एकाएक प्रकट होनेवाले चश्मों को ही उसने आश्चर्य के साथ देखा और न इधर-उधर फुदकनेवाली चिड़ियों की चहचाहट पर उसका ध्यान गया। वह बहुत जल्दी पहुंच गया और गरम पानी में नहाकर बाज़ार की तरफ चला। वहां उसने खूब खाना खाया, पर उसकी आंखें बराबर पहले की तरह बेचैन रहीं। किसीको जैसे ढूंढ़ती रहीं, पर असल में वे किसीको ढूंढ़ नहीं रही थीं। तो क्या वह भी साधारण युवकों की तरह परम्परा, लीक, रूढ़ि मानकर पितृ-आज्ञापालन का यश लूटे? रामचन्द्र पितृ-आज्ञा मानकर वन गए थे, वह पितृ-आज्ञा तोड़कर वन में आया था।

नदी के किनारे अपने कमरे में लौटा, तो कहीं न उस युवती का पता था, न उसके अधेड़ पति का। वे अवश्य इस समय खा-पीकर लेटे होंगे। पता नहीं यह विचार उसे क्यों बहुत बुरा लगा और वह जाकर उस लड़की के सम्बन्ध में सोचते हुए, जिसके होंठ मोटे थे, पर अब उतने मोटे नहीं लग रहे थे, सो गया।

जब वह संध्या समय नींद से जगा, तो थोड़ी वर्षा हो चुकी थी। यद्यपि जाड़ा बढ़ गया था, पर मौसम भीतर बैठने की इजाज़त नहीं देता था। उसने नया धुला हुआ सूट निकाला, अच्छी-सी फरफराती टाई बांधी, पहले मामूली ढंग से बांधी, फिर डबल नॉट देकर बांधी, बाल संवारकर, सेंट लगाकर निकल पड़ा। उस जोड़ी को शिकारगाह में देखकर मन पर जो कड़वेपन की परत कोलतार की तरह बैठ गई थी, वह जाती रही थी। अब फिर वह लिद्दर के गीत सुन सकता था और फेफड़े के अन्दर चीड़ की गंध का अनुभव कर सकता था। उसने एक बार कनखी से ऊपर की ओर देखा, पर वहां किसीका पता नहीं था, जैसे सांप सूंघ गया हो। लगा कि मन का वोल्टेज फिर एकाएक

कम हो गया, बल्ब दप् से हुआ, पर वह सम्भल गया। इच्छाकृत प्रयास से वह चन्दनबाड़ी के रास्ते पर चल निकला। पुल पार करके बहुत दूर चला गया, तब मन पूर्ण रूप से शान्त हो गया। बस यही रह-रहकर याद आ रहा था कि जब बाज़ार में नहीं जाना था, डाकखाने के सामने की भीड़ में अपने को खोना नहीं था, तो नया घुला हुआ सूट क्यों निकाला और टाई क्यों बांधी? यहां तो वह मोटे होठोंवाली लड़की भी नहीं है। कैसे अजीब विचार आ रहे थे!

अगले दिन सुबह उठकर वह अभी सोच ही रहा था कि किधर निकला जाए कि वही ऊपरवाली तरुणी एकदम उसके सामने खड़ी थी। चौखट के बाहर से बोली—माफ कीजिएगा, मैं ऊपर रहती हूं। आपके पास इतनी किताबें हैं, मुझे एक किताब दीजिए न?

सुशील कुछ अच्छी किताबें तो लाया था, पर उनमें से उसने एक भी नहीं पढ़ी थी, क्योंकि उसे ऐसा लगता था कि काश्मीर की प्रकृति के सामने कोई भी पुस्तक कुछ महत्त्व नहीं रखती। रुखाई के साथ बोला—आप किताब क्या करेंगी?

इसपर वह युवती खिलखिला पड़ी, बोली—क्या करूंगी, पढ़ूंगी। किताब का लोग और क्या करते हैं?

प्रश्न बेढंगा था, उसका उत्तर उससे भी बेढंगा, सुशील ने कुछ कड़वेपन से कहा—क्या बात है, आज एकाएक आपको पढ़ने की क्यों सूझ गई?

इसपर वह युवती फिर हंसी और जैसे चांदी की छोटी-सी घंटी बज उठी, बोली—आज वे श्रीनगर गए। बैंक से रुपया निकालना था। शाम तक आ जाएंगे।

सुशील का रुख एकदम बदल गया, बोला—अच्छा, यह बात है। वे नहीं हैं, इसलिए पुस्तक पढ़ेंगी?

—जी हां। पुस्तक दीजिए न। आप बातें बहुत करते हैं।

सुशील ने कहा—पुस्तकें सामने रखी हैं, चुन लीजिए, आप कहां तक पढ़ी हैं?

—एम० ए० तक।

—पास किया?

—हां। अब आप डिवीज़न पूछेगे इसलिए बता देती हूं, सेकेण्ड डिवीजन और चार नम्बरों से फर्स्ट डिवीज़न रह गया। —कहकर वह खिलखिलाकर हंस पड़ी जैसे कोई बहुत हंसी की बात कही गई हो।

वह भीतर आकर पुस्तकें चुनने लगी। हर पुस्तक को खोलती और बीच में कुछ पढ़ती, फिर बन्द कर देती। यह प्रक्रिया चलती रही कुछ देर तक। सुशील जैसे बैठा था, वैसे बैठा रहा और उस युवती के कार्यों को उदासीनता के साथ देखता रहा, फिर एकाएक बोला—आप समझते होंगे कि एम० ए० पास कर लेना ही शिक्षा की पराकाष्ठा है, पर यह बात नहीं। शिक्षा कुछ अन्य तकाजे करती है।—कहकर उसने युवती की तरफ देखा।

दोनों की आंखें चार हुईं। तरुणी बोली—शिक्षा के क्या तकाजे हैं?

—तकाजे ये हैं कि आप सामाजिक दुष्प्रभावों के दबावों का प्रतिशोध कर सकें। शिक्षा का अर्थ यह नहीं है कि दिमाग में कई तरह की सूचनाओं को ठूंस लिया, बल्कि उसका अर्थ है कि सामाजिक उन्नयन में हाथ बटाएं।

तरुणी अब खिलखिला नहीं रही थी। वह भी गम्भीर हो गई थी, बोली—मैं आपका मतलब नहीं समझी।

सुशील उठ खड़ा हुआ, बोला—मेरा कमरा खुला रहेगा, आप जो चाहें सो किताब चुन लें, मेरे जाने का समय हो गया।—कहकर उसने पहाड़ों पर यात्रावाली वह लम्बी लाठी उठाई और झोला कन्धे पर डाल लिया।

तरुणी ने पुस्तक देखना बन्द कर दिया, बोली—यदि आपकी यही शराफत है तो मैं जाती हूं।

—क्या बात है?—सुशील ने आश्चर्य के साथ पूछा।

—आपने यह नहीं बताया कि मैं आपको अशिक्षित क्यों लग रही हूं?

सुशील को आश्चर्य हुआ और कुछ लज्जा भी, बोला—नहीं, नहीं, मैंने ऐसा नहीं कहा, पर आप ऐसी शिक्षिता से मैं यह आशा करता था कि वे समाज के दुष्प्रभावों का सफलता के साथ प्रतिरोध कर सकेंगी।

—फिर आप पूरी बात नहीं कह रहे हैं।

—कहने का मुझे शायद अधिकार नहीं है, फिर भी आप पूछती हैं तो मैं कहता हूं, आपने किस कारण उस वृद्ध से शादी कर ली? आप स्कूल मास्टर बनतीं, क्लर्क बनतीं, पर बैंक-बैलेंस देखकर शादी तो न करतीं।

इसपर एकदम बिजली की तरह असर हुआ। वह तरुणी इतने ज़ोर से हंसने लगी कि लगा कि लकड़ी का मकान गिर पड़ेगा। वह हंसी सुशील के हृदय पर बैठ गई। वह बोली—तो आप बड़े सुधारक विचारों के हैं। आपने मुझसे इतने प्रश्न पूछे, अब मैं आपसे पूछती हूं—आप कहां तक पढ़े हैं?

—इससे क्या मतलब? मान लीजिए मैं अपढ़ हूं फिर भी मुझे सही बात कहने का हक तो है।

—इसपर वह तरुणी फिर से हंसकर बोली—अच्छी बात है, शिक्षा की कोई ज़रूरत नहीं। आप अपनी निगाह में बहुत शिक्षित हैं, क्योंकि आप सुधारक हैं। अब यह बताइए कि आपने जिससे शादी की, उसके बाप से कितना दहेज लिया?

—मैंने शादी नहीं की।

तरुणी ने कहा—अच्छा, समाज-सुधारक महोदय, अब यह बताइए कि गलती तो मुझसे हो गई, पर आप उसे सुधारने में क्या सहायता दे सकते हैं?

—कैसी सहायता?

—सब तरह की सहायता। पहले आप प्रतिज्ञाबद्ध होइए फिर मैं

बताऊंगी कि क्या चाहती हूं।

सुशील ने तपाक से कहा—मैं उस खूसट के हाथों आपकी रक्षा करने के लिए जान दे सकता हूं।

तरुणी मुस्कराई, बोली—जान लेने-देने की ज़रूरत नहीं। आप मुझे भागने में और उसके बाद शराफत के साथ रहने में मदद दें, तो मैं कुछ सोच सकती हूं।

सुशील ने कहा—अवश्य-अवश्य।

तरुणी बाहर गई और फिर लौटकर बोली—यों तो आज भी हो सकता था, पर कुछ रुपये आ जाएं तो बुरा क्या है? आपकी क्या राय है?

—मैं तो कहता हूं कि अभी हो जाए। हम सीधे श्रीनगर चले जाएं और वहां से हवाई जहाज़ से दिल्ली।

तरुणी कुछ सोचती रही, फिर निर्णयात्मक रूप से बोली—आज नहीं। कुछ मानसिक रूप से तैयारी करनी है। मैं तो अब तक यही सोच रही थी कि मेरा उद्धार नहीं हो सकता, पर आपकी बातें सुनकर लगता है कि मेरा उद्धार हो जाएगा। फिर आप भी सोच लीजिए।

सुशील ने पहले से अधिक दृढ़ता के साथ कहा—मुझे कुछ सोचना नहीं है। अब मेरे पिताजी को मालूम होगा कि मैं आदर्शवाद का ज़बानी जमा-खर्च नहीं कर रहा था। मैं सब कुछ कर सकता हूं।

तरुणी ने थोड़ा ही पूछा तो सुशील ने मोटे होंठोंवाली लड़की के साथ दहेज लेकर शादी से शुरू करके सारी बातें उगल दीं। सुनकर तरुणी ने कहा—क्या आपको मोटे होंठोंवाली लड़की नापसन्द है? मेरे होंठ भी तो मोटे हैं।

इसपर सुशील ने अजीब तरीके से कहा—आपके होंठ मोटे कहां हैं? उसके तो होंठ गेंडे के चमड़े की तरह हैं।

देर तक बातचीत होती रही। यह तय रहा कि लिखकर पत्रों का

आदान-प्रदान होगा और एक दिन निश्चित किया जाएगा। तदनुसार तीन दिन बाद जब अधेड़ महोदय सवेरे उठकर मंदिर में दर्शन करने गए थे, तो दोनों बस पर सवार हो गए। श्रीनगर में हवाई जहाज़ पर जगह नहीं मिली, पर वहां रहना उचित नहीं समझा गया, इसलिए वे टैक्सी से जम्मू पहुंचे। दोनों पति-पत्नी करके परिचय दे रहे थे। जम्मू के होटल में भी यही लिखाया। सुशील ने कहा, नाम बदल दूं, पर अन्त तक श्री सुशील और श्रीमती सुशील करके होटल में नाम लिखाया गया। यहां एकाएक तरुणी वीणा को पश्चात्ताप आया और उसने कहा—मैंने बड़ी गलती की, मैं लौट जाऊंगी। सभी समझेंगे कि मैं आपके साथ भाग गई। पुलिस में यही लिखाया भी गया होगा। इस हालत में मैं न उधर की रहूंगी न इधर की। मैं लौट जाती हूं। अवश्य ही मुझे क्षमा कर दिया जाएगा।

सुशील को यह बहुत बुरा लगा। उसने समझाया कि साहस से काम लेना चाहिए। हो सकता है कि बदनामी हो, पर जब हम दोनों दिल के सच्चे हैं, तो कोई कुछ नहीं बिगाड़ सकता।

—पर मेरी शादी तो नहीं होगी।

—क्या शादी ज़रूरी है?

—एक कमरे में रात काटने के लिए तो ज़रूरी है।

सुशील को अब ऐसा लग रहा था कि उसने इस मामले में पड़कर बेवकूफी की, पर अब तो कोई चारा नहीं था, बोला—तो अब बताइए, क्या हो?

अब जब सारा निर्णय वीणा पर छोड़ा गया तो वह बोली—क्या पता मुझे क्षमा कर दिया जाएगा या नहीं?

—तो?

वीणा अब अजीब तरीके से बोली—आपने मुझे भगाया है तो मुझसे शादी कर लीजिए।

—जब तक तलाक नहीं होता, तब तक शादी कैसे हो सकती

है?—कहकर सुशील ने मुंह बनाया। उसके चेहरे पर परेशानी की गहरी रेखाएं मालूम हो रही थीं।

वीणा ने कहा—यह तो आप कानून की बात कह रहे हैं। कानून से आप ठीक हैं, पर मैं तो अपने मन की बात कह रही हूं। मुझे शान्ति मिलेगी। क्या मेरे होंठ बहुत मोटे हैं?

सुशील ने बहुतेरा समझाया कि कानून से जो बात गलत है, उसे करने से कोई फायदा नहीं, क्योंकि विवाह कानून के द्वारा ही सिद्ध होता है। पर वीणा बोली—मेरे मन को शान्ति मिलेगी। चलिए, आर्य समाज में शादी हो जाए। मैं तो यह कहनेवाली हूं कि मेरी और किसीसे कभी शादी हुई ही नहीं।

सुशील ने समझाने की चेष्टा की कि विवाह हुआ होगा तो दस-बीस आदमियों के सामने हुआ होगा, पुरोहित होगा, घराती होंगे, बराती होंगे, बाजेवाले होंगे, ऐसे कहने से थोड़े ही शादी का अस्तित्व खतम हो जाता है? इसपर वीणा बोली—खतम कैसे नहीं होता, ज़रूर खतम होता है, जब मैं ही कह रही हूं कि शादी नहीं हुई तो फिर शादी रही कैसे?

सुशील ने समझाया कि आप यहां हनीमून करने आईं और कहती हैं कि शादी हुई ही नहीं। शादी से आप अलग हो जाएं, तलाक के लिए दरख्वास्त दें, यह दूसरी बात है, पर शादी का अस्तित्व कैसे खतम होता है। इसपर वह बोली—जब गलत ढंग से कोई बात हुई, तो उसका अस्तित्व कभी रहा ही नहीं। मैं अधिक बात नहीं सुनता चाहती। या तो आप मुझसे शादी कीजिए या मुझे लौट जाने दीजिए। मुझे विश्वास है कि मुझे क्षमा मिल जाएगी। हाय, मैंने बहुत गलती की। —कहकर वह सिसकने लगी।

सुशील को ऐसा लगा कि होटल के नौकर कुछ सन्देह कर रहे हैं और आड़ में खड़े-खड़े बातें सुन रहे हैं। उसने सुन रखा था कि स्त्रियां बुद्धिहीन होती हैं, पर इतनी, इसका उसे आज ही तजुर्बा हुआ। तो विवाह केवल मोटे होंठ और पतले होंठ और चमड़े की चिकनाई और खुरदरेपन

की बात नहीं है, इससे तो शायद वह मोंटे होंठवाली लड़की ही अच्छी होती। बताया गया था कि वह बहुत ही सीधी-सादी है। पर यह भी तो सीधी-सादी ही लगी थी, उसने कहा—बताइए, क्या करूं? यदि मैं आपको लौटाने जाता हूं तो जेल जाने की नौबत आ सकती है।

इसपर वीणा उसी तरह सिसकती हुई बोली—जेल तो आपको दोनों तरह से जाना है। इसका मैं क्या करूं। सुधार करने व्यर्थ में हम लोग चल पड़े। उसके लिए हाथ-भर का सीना चाहिए।

इसपर सुशील ने फिर समझाया कि कानूनी स्थिति क्या है। पर वह अपनी टेक पर डटी रही। बोली—आपको तो दोनों तरह से जेल हो सकती है, फिर शादी करके क्यों नहीं जेल जाते? मैं आपके लिए जेल के फाटक के बाहर प्रतीक्षा करूंगी।

अन्त तक सुशील ने जम्मू में उससे आर्यसमाजी ढंग पर शादी कर ही ली। यद्यपि वह जानता था कि कानूनी दृष्टि से यह गलत है। जब शादी हो गई, तब वीणा ने कहा कि अब तो शादी हो गई, अब हम लोग हनीमून को चलें। यह जानते हुए भी कि शादी कानूनी दृष्टि से प्रसिद्ध है, सुशील उसके साथ हनीमून में डलहौजी निकल गया, फिर उसने अपने पिता को पत्र लिखा कि मैंने शादी कर ली है, पर उसने यह नहीं लिखा कि कैसे ऐसी तरुणी से शादी की है, जिसका पति जीवित है। पिता के इकलौते बेटे होने के नाते पिता ने क्षमा कर दिया और अन्य हज़ारों परिवारों की तरह यह भी एक परिवार हो गया। दो बच्चे भी हो गए और अब सुशील कुछ-कुछ निश्चिन्त हो चला था कि जिस कारण से भी हो, उस अधेड़ व्यक्ति ने न पुलिस में रिपोर्ट लिखाई न और कोई गड़बड़ की। या लिखाई भी हो तो पुलिस ने परवाह नहीं की।

शान्ति से दिन कट रहे थे कि इतने में एक दिन सुशील को वह अधेड़ व्यक्ति, जो पहले से कुछ अधिक बूढ़ा हो चुका था, दिखाई पड़ा। स्वप्न में तो इससे पहले वह कई बार दिखाई पड़ चुका था और जब-जब दिखाई

पड़ा था, तब-तब बड़ा भय लगा था। बदनामी, मुकदमा, सज़ा, जेल! वह उत्तेजित होकर घर आया और बोला—वह आदमी दिखाई पड़ा था।

उसकी आंखों में एक आंतक-भरी दृष्टि थी। देखकर वीणा को जाने कैसा लगा, बोली—वह कुछ करने को नहीं। तुम विश्वास रखो। क्यों खामखाह घुल रहे हो। तुम निश्चिन्त हो जाओ।

सुशील को इन वाक्यों में सान्त्वना के अतिरिक्त कुछ और तत्त्व दिखाई पड़ा। व्यंग्य के साथ बोला—तो अब भी उस व्यक्ति के प्रति तुम्हारे मन में मोह है? मैंने तुम्हारे लिए कितना त्याग किया और तुम अब भी उसे देवता समझती हो? वे कुछ नहीं करेंगे, वे बड़े शरीफ आदमी हैं, तो तुम उन्हींके साथ रहतीं। मुझे क्यों ज़लील किया।

वीणा एकाएक रोने लगी तो सुशील ने आव देखा न ताव, उसको दो-तीन तमाचे मार दिए। तब वीणा बोली—मैं इसी काबिल हूं मुझे और मारो। कहकर उसने गाल बढ़ा दिए।

सुशील को और क्रोध आया, पर वह पीछे हट गया, बोला—मुझे पहले ही समझना चाहिए था। काठ की हांडी दुबारा नहीं चढ़ती, यह कहावत झूठी नहीं है। अब तुमसे मेरा कोई सम्बन्ध नहीं।

तब वीणा ने उसके पास आकर उसके सामने हाथ जोड़कर कहा—क्यों गलत समझ रहे हो, वे मेरे पति नहीं, मेरे पिता हैं। जब से मां मर गई, तब से स्कूल-कालेज बन्द होते ही हम दोनों यात्रा पर निकल पड़ते थे...

सुशील को अपने कानों पर विश्वास नहीं हुआ, बोला—ऐं? तुमने क्या कहा?

तब वीणा ने सारी बात खोलकर कही कि पिता की अनुमति से ही सारा काम हुआ और बाद को आपके पिताजी को भी सारी बातों का पता कर दिया गया। मेरे पिताजी इस समय उन्हींसे मिलने आए थे।